FY HANESION HURT A HYNOD

LLWYBR LLANAST

BURHANA ISLAM

Llwybr Llanast
Cyhoeddwyd yng Nghymru yn 2025
gan Graffeg Cyf.

ISBN 9781802587135

Cyhoeddwyd gyntaf yn Saesneg gan Knights Of 2021.

Addasiad Cymraeg gan Rhys Iorwerth.
Cysodwyd mewn Bembo std/ 12 pt
Dyluniad y cysodi gan Marssaié Jordan
Cysodi gan Marssaié Jordan
Dyluniwyd a chynhyrchwyd gan Graffeg Cyf.

Graffeg Cyf., 24 Canolfan Fusnes Parc y Strade,
Ffordd Mwrwg, Llangennech, Llanelli,
Sir Gaerfyrddin, SA14 8YP, Cymru, DU.
Ffôn: 01554 824000. www.graffeg.com.

Mae cofnod Catalog CIP ar gyfer y llyfr hwn ar gael o'r
Llyfrgell Brydeinig.

Mae'r cyhoeddwr yn cydnabod cefnogaeth ariannol
Cyngor Llyfrau Cymru. www.gwales.com.

1 2 3 4 5 6 7 8 9

Ariennir gan
Lywodraeth Cymru
Funded by
Welsh Government

MIX
Paper | Supporting responsible forestry
FSC® C018072
FSC
www.fsc.org

FY HANESION HURT A HYNOD

LLWYBR LLANAST

BURHANA ISLAM

GRAFFEG bach

I fy nheulu.
Gadewch iddo Ef ein cadw ni'n agos
at ein gilydd am byth.

~~STORI FY NGWYLIAU HAF~~

~~ANTURIAETHAU YUSUF ALI KHAN~~

FY HANESION HURT A HYNOD

Gan Yusuf Ali Khan (9 a 3/4 oed)

Mae Miss Minchell, fy athrawes newydd sbon ym Mlwyddyn 5 (dyna chi, fan yma glywsoch chi hynny gyntaf: Blwyddyn 5! Dwi'n un o'r hogiau mawr erbyn hyn), wedi dweud wrth ein dosbarth am sgwennu am ein gwyliau haf. Mae hi wedi rhoi'r llyfryn yma i ni wneud hynny. Dwi'n gwybod bod athrawon yn gofyn i ni wneud hyn bob blwyddyn, bron. A gan amlaf, fi ydy'r trydydd olaf i drafferthu gwneud y ffasiwn beth. Yr ail olaf fyddai fy nghefnder, Aadam. A'r olaf un fyddai fy ngelyn pennaf, Bashir, ond dydyn ni BYTH yn sôn am Bashir.

OND (ac mae hwn yn **OND** mawr, mawr), dyma ddywedodd Miss Minchell, yn ei hunion eiriau hi (dim gair o gelwydd): "EFALLAI y bydd yna wobr fach am y stori orau yn y dosbarth."

Yna winciodd hi arna i. **YN SYTH ARNA I.** Ar neb arall – dim ond arna i. Go brin mai cyd-ddigwyddiad oedd ei bod hi wedi fy rhoi i eistedd yn y rhes ffrynt, reit o flaen ei desg hi. Ro'n i'n gwybod felly mai dyma oedd ei ffordd gyfrinachol hi o ddweud wrtha i bod ganddi bâr o fenig Black Panther prin sy'n gwneud synau brwydr, a'r rheini wedi'u cadw'n unswydd ar fy nghyfer i. ~~T'Challa~~ Miss Minchell, wna i DDIM eich siomi chi.

Felly dyma hi, stori fy ngwyliau haf. Neu mewn geiriau eraill, Anturiaethau Yusuf Ali Khan. Neu mewn geiriau eraill, Fy Hanesion Hurt a Hynod. Felly, gadewch i fi eich cyflwyno chi i brif gymeriadau fy stori...

Yusuf (SEF FI):

- Dwi'n 9 oed (a 3/4), sy'n golygu 'mod i bron iawn yn oedolyn a dweud y gwir.
- Er fy mod i bron iawn yn oedolyn, mae Amma'n dweud fy mod i'n dal i dyfu i mewn i fy nannedd.
- Dwi'n gwisgo sbectols – mae Affa'n dweud bod gen i lygaid sgwâr gan fy mod i'n gwylio fy nhabled yn rhy aml.
- Efallai y byddwch chi wedi gweld fy enw ar y bwrdd Pwyntiau Cosb, ond mae Amma wedi fy siarsio i ymddwyn yn well. Mae hi'n gallu dwyn perswâd yn hawdd.

AMMA (fy mam):

- Pan fydd hi'n gwisgo ei *hijab*, mae hi'n gallu edrych fel angel – yn enwedig wrth wenu'n ddel.
- Yn y tŷ, mae yna olwg wyllt arni. Weithiau, bydda i'n meddwl ei bod hi'n cuddio cyrn yn ei gwallt.
- Gan amlaf, mae hi'n cario sliper i'w thaflu tuag ata i (sylwch: mae hi'n gallu dwyn perswâd yn hawdd).

NANU (fy nain, hynny yw, mam Amma):

- YN FY NGHARU I'N FWY NA'R BYD YN

GRWN (yn union fel y dylai hi).

- Does ganddi hi ddim dannedd, ac mae hi wastad yn sugno *gwa a fan* (dail a chnau betel) fel tasai'r rheini'n ocsigen. Dydy hi ddim yn gwisgo minlliw a dydy hi ddim yn fampir (gobeithio). Yn hytrach, sudd y fan sy'n gwneud ei cheg hi'n goch!
- Mae ganddi wastad *tasbeeh* (cadwyn baderau) o amgylch ei gwddw.

AFFA (fy chwaer):

- Mae ei haeliau hi wastad wedi crychu gan fod Nanu wastad yn pigo arni hi.
- Mae ganddi DDAU enw (Tammy a Farhana), sy'n HYNOD o ddryslyd. Ond does dim ots am hynny. Gan ei bod hi'n llaaaaaawer HŶN na fi, dwi'n gorfod ei galw hi'n Affa (peth Bengalaidd ydy hyn).
- Mae ei phen hi'n weddol fawr, oherwydd fod ganddi ymennydd mawr iawn, mae'n siŵr. Dyna pam fod ganddi ffrinj, am wn i. (Mae'n gas gan Nanu'r ffrinj.)
- Mae hi wedi dyweddïo ac i fod i briodi Umar Bhai yr haf yma (afiach).

Y cymeriad arall pwysig yn fy stori ydy Aadam, fy hoff gefnder (ac mae gen i gannoedd o gefndryd i ddewis o'u plith, felly mae hynny'n ei wneud o'n fwy arbennig byth).

AADAM (fy hoff gefnder):

- Fy hoff ffrind yn yr holl alaeth.
- Mae ganddo gajets hollol anhygoel.
- Mae'n dal i dyfu i mewn i'w glustiau.

Gan amlaf, bydd Aadam yn mynd i Bangladesh am YMHELL dros fis yn ystod yr haf, felly mae fy ngwyliau'n DDIIIIIIIIIIFLAS. Y cyfan y bydda i'n ei wneud fydd cysgu, bwyta a chwarae ar fy nhabled, cyn pwyso ailadrodd a gwneud y cyfan eto. Dwi'n gwybod bod hyn yn swnio'n hwyl, ond dydy o ddim, yn enwedig ar ôl chwech wythnos gyfan! Wna i ddim dweud hyn wrth neb arall, ond mae'n fy ngwneud i'n fwy cyffrous fyth am fynd yn ôl i'r ysgol. Ond SSSSHHHHHHHH, mae honno'n gyfrinach FAWR. Dwi eisoes yn 29fed ar restr pobl cŵl fy nosbarth (a dim ond 30 o bobl sydd i gyd!). Byddai hynny'n fy ngwneud i'n llai cŵl fyth, os ydy hynny hyd yn oed yn bosibl.

Dim rhagor!

Eleni, fydd fy llyfryn gwaith cartref ddim yn llawn o bethau dwi wedi'u dychmygu – er fy mod i wastad yn gwneud fy ngorau glas i ofalu nad ydyn nhw'n swnio fel celwyddau (*astaghfirullah*).

Mae Amma'n fy ngorfodi i ddweud hyn bob tro y bydda i'n gwneud rhywbeth drwg fel dweud celwydd. Mae'n golygu 'Duw faddeuo i mi'. Yn gyfrinachol, dwi'n gobeithio y bydd O'n gwneud hynny, neu bydda i mewn tipyn o dwll, yn enwedig ar ôl yr haf yma.

Wnes i'n sicr ddim mynd i Disneyland nac America na chael rhyw fath o glefyd angheuol sy'n bwyta'ch cnawd. OND (ac mae hwn yn OND ANFERTHOL arall), y tro yma, es i dipyn o helbul. A'r cyfan oherwydd PUPUR TSILI POETHAF Y BYD, y past mwyaf GLUDIOG, HYLIFOG a BROWN ar y ddaear gron, a ffrog goch ofnadwy, ofnadwy, OFNADWY o ddrud.

Dechreuodd y cyfan gyda chwaer fawr, priodas hyd yn oed yn fwy, a'r broblem FWYAF dwi wedi'i hwynebu erioed.

PENNOD UN

"Yusuf, ti'n gwrando ar air dwi'n ei ddweud?"

Mae hi wastad yn swnio fel tasai trwyn Affa, fy chwaer, yn llawn annwyd, ond na. Dyna sut lais sydd ganddi, dyna i gyd. Mae hi'n swnio fel Wil Cwac Cwac. Mae'n anodd ei hanwybyddu hi, hyd yn oed os byddwch chi AR DÂN eisiau gwneud hynny. Credwch chi fi, dwi wedi trio gwneud hynny saaaaaawl tro, heb lwyddo. "Dwi wastad yn gwrando," mynnais i. (Dwi *yn* gwrando, ond weithiau, dwi'n esgus nad ydw i, oherwydd mae'n gallu fy achub mewn sefyllfaoedd chwithig.)

Roedden ni yn ei stafell hi, yn cuddio rhag Amma a Nanu. Roedd Affa ar y gwely ac ro'n innau ar y llawr, yn chwarae efo'r fflachlamp sydd ar ei chylch allweddi hi.

"Profa'r peth. Be ddywedais i?" Edrychodd hi arna i efo'i llygaid bach treiddgar.

Ro'n i'n gwybod y byddai hyn yn digwydd. Wrth lwc, byddwn i wastad yn barod amdani, oherwydd mae gen i gof siwpersonig.

Mae'n rhaid i chi gael cof siwpersonig i fod yn *hafidh* ac i ddysgu'r Qur'an ar eich cof.

Dwi ddim yn agos at ei ddysgu i gyd, felly peidiwch â holi mwy. Peidiwch â holi fy athro yn y mosg chwaith! (O ddifri, peidiwch!)

Roedd hi'n help fy mod i wedi sgwennu beth ddywedodd hi yn fy nodiadau – y rheini ro'n i'n eu creu at fy llyfryn haf (yr un rydych chi'n ei ddarllen yr eiliad yma). Hyd yn oed os oeddwn i'n edrych yn rhyfedd iawn yn gwneud hynny.

"Mi ddywedaist ti," meddwn i, gan gymryd anadl DDOOOOOOOOOFN, taflu'r cylch allweddi

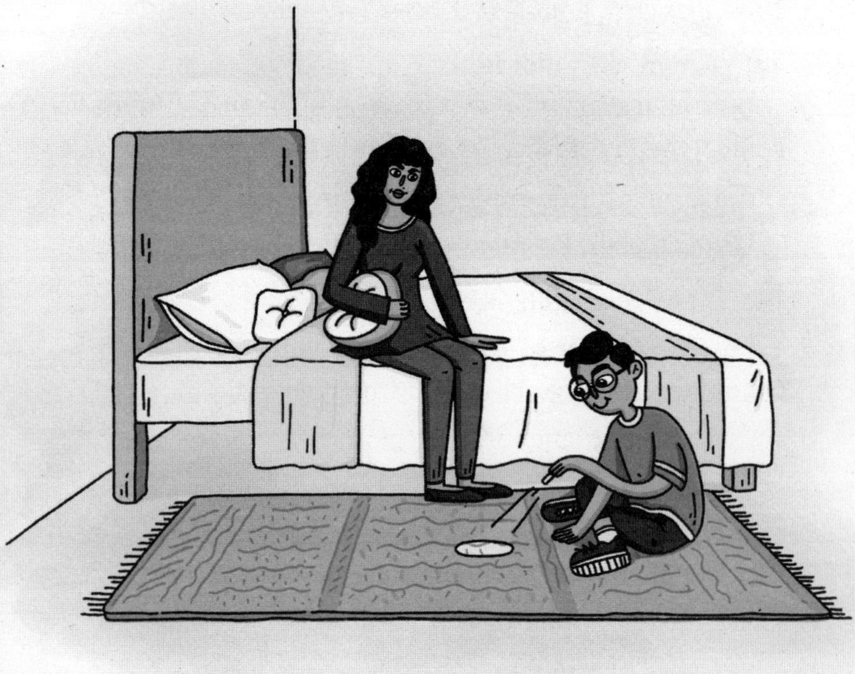

yn ôl i Affa, a chau fy llygaid. Gan grafu 'nhalcen, dyma bwyso'r botwm 'yn ôl' yn fy mhen. Ond pwy oeddwn i'n ei dwyllo? Doedd angen dim help arna i. Dydy fy nghof siwpersonig erioed wedi methu.

Dyma wneud fy llais Wil Cwac Cwac gorau, a chwyddo fy mrest: "Gan fy mod i'n gadael cartref, fy annwyl frawd, mae'n rhaid i TI fod yn 'ddyn y tŷ' o hyn allan. Ti'n deall? Dim o'r malu awyr gwirion yma a dim mwy o fod yn ddiogyn mwya'r byd. Mae'n rhaid i hynny stopio y funud yma. Mae angen i ti, fy ffrind, gamu i'r ris nesaf. Ti'n clywed? Mae angen i ti helpu Amma a Nanu. Maen nhw'n mynd i fod yn fregus iawn, ac mae pethau'n mynd i newid. Mae'n bwysig bod Amma'n gwybod ein bod ni'n dal yma yn gefn iddi hi. Rydan ni wedi gweithio'n rhy galed i bethau fynd yn ôl i sut oedden nhw. Ti'n deall be dwi'n ei ddweud? Pam wyt ti'n sgwennu? Be ar wyneb y ddaear wyt ti'n ei wneud? Yusuf, ti'n gwrando ar air dwi'n ei ddweud?"

Anghofiais anadlu wrth siarad, felly roedd yn rhaid i fi adrodd y cyfan ar wib. Chwarddodd Affa ac ro'n i'n teimlo'n benysgafn.

"Mi wnest ti anghofio dweud be ydy ystyr 'bregus'." Taflodd ei gobennydd ata i, ond gan fy mod i eisoes yn gorwedd ar y llawr, roedd hynny'n ddefnyddiol, gan y gallwn ei roi o dan fy mhen. Mae llawr Affa'n galed, a does ganddi ddim ond un mat blewog, gwyn.

"TAMMMMMYYYYYYYY!"

Gan Nanu mae'r llais UCHAF yn y tŷ. Mae hi fel larwm tân. Dydy Affa byth yn gadael iddi alw ddwywaith neu dair, heb sôn am sawl gwaith mwy na hynny, fel y bydda i. Mae hi'n ormod o ferch fach dda i wneud hynny beth bynnag.

"Rhaid i fi fynd, 'ngwas i." A chan droi ar ei sawdl, cipiodd Affa ei sgarff a diflannu fel gwiwer drwy'r drws. "COFIA BE DDWEDAIS I, YUSUF," galwodd yn ôl dros ei hysgwydd.

Fel taswn i'n anghofio. Fi, o bawb! Oedd hi'n gwybod efo pwy roedd hi'n siarad? Doedd dim ond un broblem bitw fach, fodd bynnag... Ro'n i 99.11% yn siŵr nad oeddwn i'n gwybod beth oedd ystyr 'DYN Y TŶ' a do'n i ddim eisiau edrych fel ffŵl yn gofyn iddi hi ac Aadam yn nes ymlaen. Tasg i Sheikh Google fyddai hon.

Mae Sheikhs yn debyg i'r athrawon GORAU YN Y BYD. Maen nhw i fod yn glyfar tu hwnt, ac yn llawn gwybodaeth – yn union fel Google.

Gallwn i gymryd y cam cyntaf a chamu i'r ris nesaf, ond ro'n i'n rhy gyfforddus ar y llawr i neb darfu arna i am funud fach. A beth bynnag, i ble y byddwn i'n camu? I'r to? Ro'n i eisoes ar lawr uchaf y tŷ.

PENNOD DAU

"YUSUF ALI KHAN! Gobeithio bod dy stafell wely di'n lân."

Mae Amma wastad yn meddwl y gwaetha ohona i. Er tegwch, gan amlaf mae hi'n llygad ei lle, ond byddai hi'n braf tasai hi ddim yn gwneud hynny ambell waith. Ydych chi'n cytuno?

Roedd Amma wastad yn swnio fel tasai hi'n sgrechian i mewn i fegaffon anferth pan fyddai hi'n ddig. "Ac os bydd dy ddillad drewllyd di'n dal ar y llawr, arhosa di i fi gael gafael arnat ti, *fwa*."

'Bachgen' ydy ystyr *fwa* (gan amlaf, un sydd ddim yn perthyn i'ch teulu chi, a rhywun dydych chi ddim yn ei garu)

O DIAR.

Roedd gan bawb yn ein tŷ ni uwchbwerau, ac un Amma oedd fy *kryptonite* i. Roedd hi'n gwybod sut i roi cur pen i mi, sut i stopio 'nghalon, a sut i rewi fy holl gorff heb i fi farw go iawn. Weithiau, ro'n i'n teimlo y byddai marw'n llai brawychus!

Dyma daflu cip sydyn ar fy llofft a phenderfynu bod yn rhaid bod yn chwim. Byddai angen targedu'r holl bethau y byddai Amma'n eu defnyddio'n rheswm dros fy lladd i. Tri deg saith eiliad yn union oedd hi'n ei gymryd iddi ddringo'r grisiau, felly roedd amser eisoes yn brin.

Roedd yr holl stafell fel twlc. Ers pythefnos, roedd fy sanau ymarfer corff wrth ymyl y paced Jaffa Cakes gwag a 'nghadw-mi-gei ar y llawr. Roedd powlen wydr dros y sanau fel na fyddai'r arogl drewllyd yn dianc. Drwy graffu'n ddigon agos, a pheidio ag anadlu, gallech chi weld pethau byw yno. LARWM RHYBUDD: Fyddai Amma DDIM yn hapus.

Dau ddeg naw eiliad.

Ddim hynny'n unig. Roedd fy ngwisg ysgol, fy *thobe* i'r mosg, a phob un dilledyn ro'n i wedi'i wisgo dros yr wythnos ddiwethaf, gan gynnwys fy nillad isaf, yn un ffrwydrad ar y llawr.

Mae '*thobe*' fel crys hir iawn sy'n cyrraedd eich fferau. Mae'n wych o beth, oherwydd mae'n braf iawn i'w wisgo, ond hefyd drwy gicio eich coes yn ddigon uchel, mae'n bosibl gwneud bacfflip, bron iawn.

Roedd hi fel tasai yna ddeinasor wedi bwyta peiriant golchi dillad cyn taflu i fyny dros y stafell, gan adael yr holl dystiolaeth i Amma ei gweld.

Un deg naw eiliad.

Doedd fy nillad gwely ddim wedi'u tacluso, roedd y gobennydd ar y llawr, roedd fy mandejes yn gwlwm blêr yn y gornel, ac roedd fy nghroen i ar y pared. Cawn i anghofio popeth am fod yn 'ddyn y tŷ'. Mewn cwta funud, byddwn i wedi 'nghladdu O DAN y tŷ. Byddai Amma'n sicr yn fy lladd i ac yna'n fy atgyfodi i dyllu fy medd fy hun.

Deg eiliad.

Doedd dim dewis arall ond mynd amdani. Roedd yn rhaid i fi amddiffyn fy hun a dyna ni. Dyma gymryd anadl ddofn, pinsio ’nhrwyn, ac fel mellten, lapio fy hun gyda phob un eitem ddrewllyd WAN JAC yn y stafell. *In shaa Allah*, byddai hyn yn help i osgoi’r gwaethaf. Do’n i ddim yn barod i gwrdd â ’Nghreawdwr eto.

Mae Nanu'n dweud wrtha i am ddweud hyn pan fydda i'n ysu i rywbeth ddigwydd. Mae'n golygu 'Os bydd ewyllys Allah'n caniatáu'.

Tair eiliad.

Roedd yr arogl yn FFIAIDD. Ro’n i’n credu ’mod i am lewygu, neu daflu i fyny. Neu fan lleiaf, am fygu, ond am wn i nad oedd Duw’n barod i gwrdd â finnau eto chwaith. Er nad oedd Amma erioed wedi ’nharo â’r sliper o’r blaen, gwyddwn mai dim ond mater o amser oedd hyn.

Dwy eiliad.

Gallwn glywed sŵn ei thraed hi yr ochr arall i'r drws yn dod yn nes ac yn NES ac yn NES.

Un eiliad.

Ble oedd Nanu? Dim ond hi allai fy achub i bellach!

0.5638492 eiliad.

Caeais fy llygaid a thrio magu nerth. Roedd marwolaeth yr ochr arall i'r drws.

PENNOD TRI

Roedd hi fel tasai'r holl aer wedi'i sugno o'r stafell a finnau'n astronot yn y gofod.

Llenwodd y stafell â THAWELWCH LLETHOL ac roedd rhyw anghenfil digon tebyg i Amma yn hofran wrth y drws, yn barod i lamu ar ei brae. (GYLP)

Pan fyddai Amma wedi gwylltio, roedd yna wastad bum lefel o ddicter:

1. *Di-ne di-ne badh os* (Ti'n mynd yn waeth bob dydd)
2. *Ami morle sinbe* (Pan fydda i'n marw, mi wnei di ddeall)
3. Fy ffefryn ohonyn nhw i gyd: *Thuy manush na goru* (Bod dynol ynteu buwch wyt ti?)
4. Dim geiriau, ond sliper neu unrhyw wrthrych arall yn y tŷ a allai gael ei ddefnyddio fel arf
5. TAWELWCH LLETHOL

Roedd pethau'n sicr wedi cyrraedd lefel pump y tro hwn. Ro'n i wedi dychryn cymaint roedd yn rhaid i fi wasgu pob rhan o 'nghorff yn dynn – a dwi'n golygu pob rhan! Roedd hon yn adeg WAEL – os nad yr adeg WAETHAF UN – i fod eisiau pi-pi. Roedd hwn YN SICR yn ddiwrnod gwael i yfed pedwar Capri Sun. Croesais fy nghoesau'n dynn, gan wybod na fyddai Amma'n ildio. Yn hytrach, allwn i ond ei gwylio hi, a finnau'n crynu fel llygoden fach yn yr eira.

Yn sydyn, gwnaeth Amma rywbeth nad oeddwn i ERIOED mewn miliwn o flynyddoedd wedi'i ddisgwyl – rhywbeth mor od, mor rhyfedd ac mor frawychus nes i fi feddwl efallai fod yna anifail estron wedi mynd i mewn i'w chorff hi go iawn.

Trodd wyneb Amma yn domato mawr coch a dechreuodd hi grio'n ddi-baid. Taflodd ei hun ata i a fy ngwasgu mor dynn nes fy mod i 99.68% yn siŵr y byddai'r pi-pi'n dechrau diferu allan. Wyddwn i ddim beth oedd waethaf: Amma gynddeiriog ynteu Amma'r anifail estron.

"Yusuf Ali Khan," udodd hi, gan ddod yn agos at fy mygu efo'i sgarff. "Wnei di byth, byth, byth, BYTH adael y tŷ yma. Iawn, *footh*?"

Ystyr hyn ydy 'mab annwyl, cariadus, anhygoel, gwych, eithriadol' – ond dim dyma'r amser iawn iddi ddweud hynny!

Arhoswch eiliad. Be gebyst?

NAAAAAAAAAAAAAAA!

Sut llwyddodd Amma i droi 180 gradd o '*fwa*' i '*footh*' mewn llai na dau funud? A beth oedd hi'n ei olygu wrth ddweud na fyddwn i byth yn gadael y tŷ yma? Roedd hi'n gwybod bod gen i gynlluniau MAWR, siawns? Ai dyma oedd Affa yn ei olygu wrth sôn am 'ddyn y tŷ'? Ai rhywun oedd wedi'i garcharu yn y tŷ oedd hwn? BYTH BYTHOEDD. Dim os oedd gen i ddewis yn y mater.

O'r diwedd, llaciodd Amma ei gafael brawychus. "Ti'n fachgen da, ond taclusa'r stafell yma," meddai hi, gan dynnu'i llaw drwy fy ngwallt. "A pham wyt ti'n arogli fel pi-pi?"

O, na! PLIS, DDUW. PLIS dyweda wrtha i nad ydw i wedi gwlychu 'nhrôns!

Ar ôl i Amma adael y stafell, edrychais i lawr yn sydyn. Popeth yn iawn. DIM RHESWM I BOENI. Fy hen ddillad isaf drewllyd oedd ar fai, dyna i gyd. DIOLCH I DDUW!

Gan geisio peidio â thaflu i fyny, tynnais y dillad oedd wedi llwydo a'u taflu ar y llawr eto. Doedd dim amser i dacluso fy stafell. Roedd yna FRYS. Roedd angen i fi ddarganfod beth oedd Affa'n ei olygu wrth sôn am 'ddyn y tŷ'. Roedd angen i fi sicrhau nad oedd Amma wedi cael y syniad anghywir ac yn disgwyl i fi aros dan do am byth. Ac yn bwysicach na dim, ro'n i'n marw eisiau pi-pi.

PENNOD PEDWAR

Roedd Amma a Nanu wastad yn dweud bod dynion:

- yn ddiog
- yn drewi
- yn gwneud dim byd i helpu yn y tŷ (dwi eisoes yn bencampwr am wneud hynny!)
- byth yn gwenu – ddim hyd yn oed o flaen camera
- wastad yn anghofio pethau (fel y rhestr siopa a thalu'r biliau. Weithiau, bydden nhw hyd yn oed yn anghofio bod ganddyn nhw deulu)

Os dyna'r rhestr gyflawn, efallai fod dynion mewn oed yn sombis ar y slei wedi'r cyfan. Oedd bod yn 'ddyn y tŷ' yn golygu bod yn rhaid i fi droi'n sombi'n dawel bach? A hynny'n golygu nad oedd yn rhaid i fi gael bath bellach? Cŵŵŵŵŵŵl.

O leiaf gallwn i ymarfer sut i fod yn sombi gyda'r nos ar ôl i Affa wisgo fy mandejes amdana i. Yr unig beth anodd ar y rhestr hon fyddai anghofio popeth. Byddai'n rhaid i fi aberthu fy nghof siwpersonig i wneud hynny, ond efallai y byddai'n werth y drafferth er mwyn y pethau da eraill a fyddai'n digwydd. Er enghraifft, efallai y gallwn i anghofio wedyn am y diwrnod erchyll hwnnw, 22 Mawrth 2017, pan roddodd Amma fy Playstation i fab ei chwaer yn Bangladesh. Dydyn ni ddim yn sôn gair am hynny mwyach.

Dim gan *nanus* ac *ammas* y cewch chi'r wybodaeth orau, mae pawb yn gwybod hynny. Allwn i ddim dibynnu arnyn nhw'n unig. Roedd hi'n bryd gofyn i arbenigwr.

Yn ôl Sheikh Google, 'dyn y tŷ' oedd 'aelod gwrywaidd o'r aelwyd sydd â'r prif gyfrifoldeb dros wneud penderfyniadau a gofalu am y teulu'. Os oedd hynny'n wir, ro'n i mewn twll. Doedd gwneud penderfyniadau mawr yn sicr ddim yn un o fy uwchbwerau.

A doedd gofalu am bobl eraill ddim chwaith. Os rhywbeth, roedd angen i bawb arall ofalu amdana i! Roedd y busnes 'dyn y tŷ' yma am fod yn fwy anodd nag yr oeddwn i wedi'i dybio.

Mi wnes i fwy o waith ymchwil, oherwydd fel mae'n digwydd dwi'n dda iawn am chwilio am ffeithiau. (Unwaith, ces i hyd yn oed ddau bwynt gwobr am fy ngwaith cartref, 'Plastig a'r Blaned'.)

Dyma wnes i ei ddysgu.

Mae'n rhaid i 'DDYN Y TŶ' wneud y pethau hyn:

- bod yn gryf o hyd
- gofalu am holl aelodau'r teulu
- agor llythyrau a thalu biliau'r cartref
- gwneud ei orau glas i sicrhau bod neb yn brifo
- gofalu bod yna wastad fwyd ar y bwrdd
- gwybod beth sy'n digwydd yn y tŷ
- rhoi bara menyn ar y bwrdd (a'r cyw iâr *halal* hefyd)
- bod y cyntaf i godi a'r olaf i fynd i'w wely
- gweddïo'n rheolaidd

Rhaid bod Sheikh Google wedi anghofio'r un yma, ond yn ôl Nanu, gweddïo ydy'r peth pwysicaf yn y byd yn grwn. Bydd yn rhaid i fi ddod o hyd i'r mat gweddïo ges i gan Khala ac Aadam, neu bydda innau'n anghofio hefyd. Mae rhai pethau na allith hyd yn oed cof siwpersonig eu cofio.

Dechreuais i feddwl nad oedd y rhyngrwyd yn dweud y gwir bob tro. Oherwydd merch oedd Affa ac roedd hi'n gwneud popeth y bydd dyn yn ei wneud, a llwyth o bethau eraill. Roedd angen i rywun sgwennu at Google i gywiro hyn. Ond os dysgodd fy ngwaith ymchwil unrhyw beth i mi, dyma ddysgais i: roedd bod yn 'ddyn y tŷ' yn anodd. A gyda rhestr mor hirfaith â hon, fyddai bod yn sombi yn unig ddim yn ddigon. Roedd Affa'n iawn. Byddai'n rhaid i fi gamu i'r ris nesaf.

Cam un: defnyddio'r stôl yn y gegin i gamu i'r ris nesaf. Gallwn i wneud hynny, o leiaf.

PENNOD PUMP

DIWRNOD UN YMGYRCH 'DYN Y TŶ':

O'r gorau, y peth pwysig i gychwyn. Roedd 'dyn y tŷ' i fod yn 'gryf bob amser'. Ond doedd fy nghyhyrau i fawr ddim mwy na maint pysen felen mewn *chana dhaal.*

Roedd hyn yn golygu bod angen mwy o ymarfer. Er mwyn i bopeth weithio, roedd angen meddwl yn hir am hyn, a chynllunio'n ofalus. Yn union fel roedd Affa'n cynllunio'i phriodas.

Yn hollol ryfeddol, pan es i lawr y grisiau i hel meddyliau, roedd hi fel tasai Amma wedi'u darllen nhw'n barod. Efallai fod ganddi hi uwchbŵer nad oeddwn i'n gwybod dim byd amdano.

"Yusuf, helpa dy *affa* efo'r siopa. Y FUNUD YMA. Mae'n rhaid i fi fwydo'r *khodus* bach gan ei bod hi'n heulog."

Llysiau hir, gwyrdd, siâp potel ydy *khodus*, ac mae Amma wedi gwirioni arnyn nhw. Weithiau, dwi'n meddwl ei bod hi'n eu caru nhw fwy nag y mae hi'n fy ngharu fi.

Wrth siarad efo fi, mae Amma wastad yn swnio fel taswn i'n gwrthod gwrando. Wnes i erioed ddeall pam. Dim ond Duw all esbonio hynny, am wn i. Ta waeth, wrth i Amma ddod drwy'r drws a thynnu ei sgarff (ddaeth hi â DIM yw DIM o'r siopa i mewn, gyda llaw – heblaw am ei bwyd drudfawr i'r planhigion), penderfynais brofi fy sgiliau ac ystwytho fy nghyhyrau newydd.

Mae Affa'n gyrru Juke (neu 'jôc', fel dwi'n hoffi ei alw), ac mae'n gar gweddol dal. Dyma felly oedd fy nghyfle i gamu i'r ris nesaf. Ar ôl gwisgo sodlau Affa (y sandalau uchaf y gallwn i ddod o hyd iddyn nhw), dyma ryddhau'r fricsen sy'n byw weithiau o dan ein llwyn porffor, pigog, a'i gosod yn ymyl y car. Doedd gwneud hyn mewn sodlau main a miniog ddim yn hawdd. Dyma ddweud eto: doedd hyn DDIM yn hawdd. Roedd cydbwyso ar y trawst sigledig yn y wers ymarfer corff yn teimlo'n hurt o hawdd, o gymharu.

O'r gorau, dyma ni. Hon oedd y foment ro'n i ac Affa wedi bod yn aros amdani.

Anadlais yn ddwfn ac atgoffa fy hun fy mod i'n barod am hyn. Ro'n i'n haeddu cael fy newis, a gallwn i lwyddo. Fi oedd Yusuf Ali Khan: y bachgen drwg oedd wedi troi'n ddyn parchus y tŷ. Gyda chyfrifoldeb mawr, roedd yna rym mawr hefyd – roedd pob uwcharwr gwerth ei halen yn gwybod hynny.

Anadlais yn ddwfn eto, ymlacio fy nghefn, codi fy nghoes dde a'i gosod ar y fricsen. CAMGYMERIAD! CAMGYMERIAD! Llithrodd sawdl fain Affa yn syth drwy'r twll, gan fy nhaflu ar fy mhen ôl, bron iawn. Pan lwyddais i gamu yn ôl ar fy nhraed a stopio siglo, codais fy nghoes chwith a'i gosod hi'n fwy gofalus ar y fricsen y tro hwn.

Dyna ni! Ro'n i wedi llwyddo. Ro'n i wedi camu i'r ris nesaf.

Yr eiliad honno, rhuthrodd Affa heibio i fi gyda physgodyn marw ANFERTHOL wedi'i rewi. AFIACH! Roedd ei ben hyll o'n syllu o'r bag papur ac roedd o'n edrych i fyw fy llygaid i, fel taswn i fy hun wedi'i ddal. Edrych, y 'sgodyn salw, ddim fi wnaeth dy gipio o dy gartref o dan y dŵr ac oddi wrth dy ffrindiau pysgodlyd. Wir i ti! Wrth i ni edrych i fyw llygaid ein gilydd, llithrais oddi ar y fricsen. Drwy lwc, dyma fi 'n codi tri bag siopa ar y ffordd cyn taro'r llawr gyda chrac.

"Dwi'n iawn!" gwaeddais, gan godi'r bagiau plastig a neidio ar fy nhraed. "Dwi'n iawn." Hyd yn oed pan oeddwn i'n drwsgl, ro'n i'n hollol wych. Os nad oedd cario tri bag o fara, bisgedi, papur tŷ bach, papur cegin a Jaffa Cakes (hwrê!) yn fy ngwneud i'n 'ddyn y tŷ', wn i ddim beth fyddai.

Baglais i mewn i'r tŷ a thynnu esgidiau main Affa i ffwrdd, gan daro'n glep i mewn i Nanu a'i ffon gerdded. Roedd hi'n brysur yn byseddu'i chadwyn baderau a doedd hi ddim i'w gweld yn hapus o gwbl.

Roedd rhywbeth o'i le ac roedd rhywun am orfod talu'r pris. Plis, Dduw, paid â dweud mai fi fyddai hwnnw.

PENNOD CHWECH

Roedd fy nghalon i'n curo fel gordd.

Roedd llygaid Nanu'n fflachio.

Am chwinciad chwannen, distawrwydd.

Yna'n sydyn, mewn llais gwichlyd, gwenodd Nanu, "Ooooooo, am fachgen da. Edrychwch mor fawr a chryf ydy fy Îswff i." Dydy hi erioed wedi gallu dweud fy enw i'n iawn. Wir i chi, mae hi'n waeth na'r bobl yn yr ysgol. Yna brathodd Nanu, "Tammy! Pam fod fy ŵyr i'n cario deuddeg bag mawr o siopa ar ei ben ei hun bach? Oes gen ti ddim cywilydd? Pwtyn bach ydy o!"

Daeth Affa yn ôl i mewn a'i haeliau'n crychu, yn cario bocs anferthol o bowdr golchi dillad oedd bron yr un mor dal â fi. Rhoddodd hi gusan wlyb i Nanu ar ei thalcen – ych a fi – cyn ateb. "Eich merch chi ddywedodd wrtho fo am helpu, Nanu. Dim fi," meddai hi, gan rowlio'i llygaid. "A dim ond dau fag sydd ganddo fo, ddim deuddeg."

"Tri fel mae'n digwydd," ychwanegais i. Ro'n i'n siŵr bod yn rhaid i 'ddyn y tŷ' helpu i egluro pethau'n iawn hefyd.

Tynnodd Affa ei thafod arna i. AMSERU GWAEL achos DALIODD Nanu hi.

AHAHAHAHA. Do, DALIODD Nanu hi! I ddathlu cam gwag Affa, agorais y Jaffa Cakes efo fy mysedd rhydd a thaflu un yn syth i mewn i 'ngheg. **TSIOMP TSIOMP.**

"Farhana Begum!" gwaeddodd Nanu. Roedd y waliau'n crynu. (Mae gan Affa ddau enw, cofio? Dwi ddim yn deall pam chwaith – peth Bengalaidd ydy hyn.) "Paid di byth, byth, BYTH â thynnu'r tafod yna allan o dy geg fel yna byth eto. Mi fydd Duw'n ei dorri'n syth i ffwrdd. Rhag dy gywilydd di! A galw dy fam dy hun yn 'ferch' i mi. OES GEN TI DDIM CYWILYDD? Ti ar fin dod yn ddynes briod. Be ar y ddaear wyt ti'n ei wneud? Ti eisiau ysgariad cyn dweud '*qobul*' hyd yn oed?"

Ystyr *qobul* ydy 'gwnaf' neu 'dwi'n derbyn'

Ro'n i'n gelain. Heb os nac oni bai. Byddai Affa'n fy lladd yr eiliad y byddai Nanu'n diflannu. Ro'n i bron â thorri bol eisiau chwerthin. Yn lle hynny, gwnes i rywbeth gwaeth. Gwaeth o lawer. Arhosais i Nanu droi ei chefn ac yna tynnais fy nhafod ar Affa. Dwi ddim yn gwybod sut oeddwn i'n ddigon dewr, ond dyna wnes i. Go wir, dyna wnes i.

Ddylwn i ddim bod wedi gwneud beth wnes i nesaf chwaith, ond cafodd Shaytaan y gorau ohona i. Rhaid fy mod i'n teimlo'n hyderus o bwerus, oherwydd dywedais i'r geiriau roedd pob plentyn brown yn casáu eu clywed. Geiriau a fyddai'n dechrau rhyfeloedd mewn teuluoedd ac yn eu rhwygo nhw ar wahân. Neu dyna ddywedodd Aadam beth bynnag.

"Ond Nanu, be fydd pobl yn ei ddweud?" gofynnais, yn ddiniwed. O'r gorau, mae'n rhaid i fi gyfaddef, roedd dweud hynny'n codi braw arna i. Pwy a ŵyr pa ddrwg fyddai'n dod o'r geiriau arswydus hynny?

"Yr hen —" dechreuodd Affa, a'i llygaid yn fy melltithio. Diolch i Dduw bod Nanu yno i fy amddiffyn i.

"Ferch ifanc, mi ga i air efo ti wedyn. Mae angen i fi ddechrau dy hyfforddi di sut i fod yn 'wraig berffaith'. Dwyt ti ddim eisiau i dy briodas fethu, nac wyt?" Ac ar hynny, diflannodd Nanu a'i *sari* ar ei phen i mewn i'r gegin, gan roi'i thrwyn yn syth yng nghwpwrdd y *gwa fan* sydd mor annwyl iddi. "Edrych ar dy *nana* a fi," galwodd hi. "Dim ond marwolaeth ddaeth rhyngon ni."

"Ti'n mynd i dalu am hyn," chwyrnodd Affa, gan ddiosg ei sgarff fel tasai hi'n torchi'i llewys.

Do'n i ddim yn teimlo mor ddiogel bellach. Ddim fan

yma ar fy mhen fy hun, heb dystion. "NANUUUUUU?"

"Ia, Îswff?" Roedd hi'n swnio'n bell i ffwrdd.

Gwenodd Affa'n ddrygionus. "Mae Yusuf angen help. Mae o wedi gwlychu'i drowsus eto."

"Be?" gwaeddais. "Nac ydw, dwi ddim!"

"Wyt, Yusuf Ali Khan. Ti wedi."

Edrychais i lawr. O NA. Yng nghanol yr holl dwrw, do'n i ddim wedi sylwi bod yr wyau wedi cracio a gollwng dros fy nillad. Rhaid eu bod nhw wedi torri pan syrthiais i. Dyna beth oedd y crac!

"Cymra hwn." Gollyngodd Affa'r bocs anferth o bowdr golchi dillad wrth fy nhraed. "Dos â hwn i'r llofft, fy mrawd cryf, mawr."

Roedd hon yn ris fwy o lawer nag yr oeddwn i wedi'i dychmygu.

PENNOD SAITH

"Allwn i ddim gwthio'r powdr golchi i'r ris gyntaf, heb sôn am yr holl ffordd i fyny," esboniais wrth Aadam, gan adrodd yr holl hanes wrtho. Roedden ni yn y stafell fyw, ac roedd Khala a'r lleill yn plygu samosas at noson Mehndi Affa yn y gegin. "Roedd hi'n drychineb. Tasai Rabia Affa a Nayma Affa a'r criw heb ddod i helpu efo'r bocsys fferins, byddai hi wedi canu arna i. Wedi canu'n llwyr."

Dyma roi Jaffa Cake arall i Aadam a stwffio'r wythfed i 'ngheg i'n sydyn cyn bod yn rhaid i fi ddechrau siarad eto.

"Ffiw, amseru da felly, mae'n rhaid?" meddai Aadam. Roedd ei wallt pigog yn bownsio'n uwch bob tro y byddai'n siarad.

Gwyliais Aadam yn bwyta'r siocled i gychwyn, wedyn y jeli oren, a wedyn y sbwng. "Oedd, ond dwi bellach reit yn ôl lle gwnes i gychwyn. Sut ydw i'n mynd i fod yn 'ddyn y tŷ' os nad ydw i hyd yn oed yn ddigon cryf i gario'r bagiau siopa? Mae'n rhaid i ddyn y tŷ fynd i siopa bron iawn bob dydd!"

"Dydy 'nhad i ddim yn cael unrhyw drafferth." Caeodd sip ei siaced ac yna'i agor, a gwneud hyn dro ar ôl tro ar ôl tro.

"Ond mae o wedi cael miliynau o flynyddoedd o ymarfer. Roedd o'n fyw cyn bod yna'r fath beth â WIFI, er mwyn dyn. Does gen i ddim cymaint o amser. Mae Affa'n priodi mewn llai na 22 diwrnod ac wedyn fi fydd yn gorfod gwneud popeth." Edrychais o amgylch y stafell i weld oedd rhywun yno. Roedd y soffa arall yn wag a doedd neb tu ôl iddi. Roedd y drysau'n dynn ar gau, felly roedd y llwybr yn glir. Yr unig beth oedd yn syllu arnon ni oedd y llun a dynnais i ohonof fi fy hun yn fy llyfryn gwaith cartref dros yr haf. Roedd y llun mor dda, roedd fy adlewyrchiad yn ein gwylio ni.

"Dwi'n gwybod bod Nanu'n fy ngharu i," sibrydais, gan drywanu llygaid y wyneb ffug i'w stopio rhag fy llygadu i'n wyllt. "A dwi'n ei hoffi hi'n fawr hefyd, ond mae hi eisiau rhywbeth o hyd. Weithiau dwi'n clywed Affa'n codi yng nghanol nos i roi rhywbeth i'w fwyta iddi, neu i'w helpu hi i weddïo. Weithiau, mae Affa hyd yn oed yn cysgu wrth ochr Nanu pan fydd Nanu'n dychryn ac yn gweld pethau sydd ddim yno. Does dim ffordd yn y byd y medra i wneud hynny. Dwi prin yn gallu deffro i fynd i'r ysgol!"

Ochneidiodd Aadam a rhoi'r gorau i chwarae efo'i sip. "Does dim rhaid i ti wneud POB DIM ar y diwrnod cyntaf. Roedd Spiderman yn syrthio o lefydd uchel o hyd ar y dechrau. Ti'n cofio? Ond mi wnaeth o ymarfer, yn do?"

Roedd Aadam yn iawn, fel mae o bob tro. Efallai mai dim ond 136 diwrnod yn hŷn na fi ydy o, ond mae o'n ddoeth ac yn gall, 100%. Roedd Spiderman yn syrthio, yn taro'i ben ac yn cleisio fel eirinen wlanog ar ôl cael ei bwerau i gychwyn. Ond mewn dim o dro, roedd o'n swingio o adeiladau i ganghennau fel Mowgli wedi cael llond bol o siwgr.

"Mi alli di lwyddo, Yusuf. Dwi'n credu ynot ti." Gwasgodd Aadam fy ysgwydd. "Gei di weld. Mi fyddi di'n lot gwell na holl ddynion eraill y tai. Dwi'n gwybod y byddi di." Stopiodd. "Be ti'n 'wneud?" gofynnodd yn chwilfrydig, wrth edrych ar fy llyfryn.

"Dwi'n sgwennu'r cyfan i lawr, rhag i fi anghofio." Er na wna i anghofio, wrth gwrs. Sgriblais i'n gyflym gyda fy mhìn sgwennu (mi glywsoch chi'n iawn! Dydy o'n ddim byd mawr. Roedd gen i drwydded i ddefnyddio pìn sgwennu'n barod. Cefais i hi ar 22 Mehefin 2018 mewn gwers lythrennedd ar ddiwedd Blwyddyn 3. Dwi'n dal i hoffi atgoffa'r byd a'r betws am y peth weithiau).

"Pam ti'n gwneud hynny?"

Roeddwn i'n gwybod bod Aadam fymryn yn genfigennus. Dydy o ddim wedi cael ei drwydded eto, oherwydd dydy o'n dal ddim yn gallu gafael mewn pìn sgwennu'n iawn. Mae ei fysedd o'n mynd i bob man pan fydd o'n sgwennu'i enw.

"Mi ddywedodd Miss Minchell y bydden ni'n cael mwy o bwyntiau gwobr os oedd ein llyfryn haf ni'n dda. Dwi am geisio defnyddio fy rhai i i gael pêl-droed Nike eleni."

Dechreuodd llygaid Aadam sboncio o'u socedi. "Ga i fod ynddi hi? Ga i fod yn dy stori di?"

"Wrth gwrs! Mae pob arwr angen rhywun i'w helpu, yn does? Mi allwn ni fod fel Batman a Robin!"

"Wallace a Gromit?"

"Na! Yn fwy fel Ant-Man a'r Wasp."

"Aros, aros," meddai Aadam. "Dwi'n gwybod! Phineas a Ferb, iawn?"

Nodiais yn frwd.

"Beth bynnag, dydy arwyr ddim yn rhoi'r ffidil yn y to chwaith. Does neb ohonyn nhw'n gwneud." Darllenodd Aadam dros fy ysgwydd. "Ti wedi anghofio fi 'n dweud fy mod i'n credu ynot ti, gyda llaw. Ond aros funud! Mae gen i un gwell. Mae 'popeth yn bosib os wyt ti'n credu'r peth'."

Dyma sgriblo hynny'n gyflym, ond roedd o'n edrych fel traed brain, felly roedd yn rhaid i mi'i groesi allan a'i wneud eto'n daclusach. Byddwn i angen y nodiadau hyn yn nes ymlaen i sgwennu'r stori orau erioed am wyliau haf.

"Dyna ni!"

Yr eiliad honno, dyma rywbeth yn deffro fy synhwyrau pry-coplyd. Agorodd ffroenau Aadam led y pen hefyd, a sniffiodd yr awyr. Rhaid bod Amma a Khala wedi gorffen oherwydd llifodd oglau Jannah i mewn i'r stafell fyw.

Y nefoedd

"SAMOSAS CYW IÂR!" gwichiodd Aadam a fi gyda'n gilydd, gan lamu ar ein traed. Nid unrhyw samosas cyffredin oedd y rhain. Samosas meddal, fflyffi, toeslyd oedden nhw, wedi'u gwneud â llaw ac yn toddi yn dy geg. Ar ôl blasu un (pwy ydw i'n ei dwyllo? Mae'n amhosibl stopio ar ôl un!) dydy'r hen rai crystiog ddim yn gwneud y tro o gwbl. Dyma sgrechian mor uchel nes bod y cymdogion yn siŵr o fod wedi'n clywed ni.

"Tyrd!" Agorais y drwg a rhedeg, gan fy atgoffa fy hun i adael o leiaf un samosa ar ôl. Roedd 'dyn y tŷ' wastad yn gadael bwyd ar ôl ar y bwrdd, wedi'r cyfan. Dyna chi. Roedd pethau'n gwella'n barod.

DIWEDDARIAD: Efallai y gwnes i gymryd brathiad bach iawn o'r un olaf (roedden nhw MOR FLASUS), ond y syniad sy'n bwysig, yndê?

DIWEDDARIAD DAU: Dywedais i hyn wrth Affa a dywedodd hi, 'Alli di ddim bwyta syniadau!' ac roedd hi'n gynddeiriog eto. (Wps.)

PENNOD WYTH

Unwaith yr wythnos, ym mherfeddion nos, pan fydd y llenni wedi cau'n dynn a'r cloc yn taro amser gwely, bydd Affa'n gweddnewid i'w chymeriad arall hi: gwyddonydd gorffwyll. Mae'i gwallt hi'n troi'n flêr ac yn llanast, mae'i bochau hi'n troi'n goch, ac mae hi'n gwneud twrw fel samosa'n ffrio wrth fynd i nôl ei harfau: y bandejes. Ar ôl gofalu bod y drws ar gau rhag i neb allu dianc, bydd Affa'n plastro eli gwyn dros fy nghefn, fy nghoesau, fy mreichiau a fy mol. Mae hi wedyn yn fy lapio a fy lapio a fy lapio fel mymi (ond mae sombi'n swnio'n fwy cŵl o lawer, felly sombi amdani). Mae hi wedi gwneud hyn ers cyn cof. Pan oeddwn i'n fabi, ro'n i'n edrych fel sombi bach go iawn, heb amrannau. Dwi bellach yn fod dynol sydd â rhywbeth sydd weithiau'n edrych fel croen go iawn.

Roedd pethau'n arfer bod yn waeth o lawer, credwch chi fi. Un tro, arhosodd Aadam efo ni ac roedd o'n credu 'mod i wedi sglaffio pastai caws yng nghanol nos hebddo. Yr unig ffordd y gallwn i ei stopio fo rhag bwyta'r haenau bach o groen oedd drwy gyfaddef ei fod o'n fy mwyta fi!

Mae'n swnio'n fabïaidd, ond amser arbennig Affa a fi oedd hwn. Bydden ni'n esgus ein bod ni wedi marw ac yn creu hafoc o fywydau'r bobl yn y fynwent o'n cwmpas ni (sef, mewn geiriau eraill, ein tŷ ni, neu mewn geiriau eraill, Amma a Nanu, neu mewn geiriau eraill, oherwydd ein bod ni'n dau'n ofni eu dychryn nhw, jest ni).

Ond roedd heddiw'n ddiwrnod tywyll. Heddiw dangosodd Affa pwy oedd hi go iawn. Heddiw, BRADYCHODD Affa fi. A gwnaeth hi'r cyfan mor ddidaro. Ond a dweud y gwir, roedd y cyfan yn ANDROS O BETH MAWR. Roedd Affa wedi mynd i dŷ newydd Tariq Bhai oherwydd roedd Bhai a Bhabi (ei wraig newydd – a dwi ddim HYDYN OED wedi cwrdd â hi, gyda llaw) yn cael parti hŵ-hâ ffansi i ddathlu bywyd newydd Affa. A ches i ddim gwahoddiad. Do, clywsoch chi'n iawn: doedd yr unigolyn pwysicaf yn ei bywyd hi heb gael gwahoddiad. Yn waeth byth, ches i ddim mynd i briodas Bhai a Bhabi chwaith. Pan ddeallais ei fod o wedi priodi, ro'n i wedi hen golli fy nghyfle i wledda nes oeddwn i'n byrstio ar datws Bombay, adenydd tandwri, a fy ffefryn, tsiops tsili. I wneud iawn am y peth, ro'n i wedi addo i fi fy hun y byddwn i'n bwyta dwbl hynny ym mhriodas Affa. (Does dim byd yn waeth na bod eisiau'r bwyd na chawsoch chi erioed ei fwyta.)

Ond yr eiliad hon, doedd Affa ddim yma, ac ro'n i ar fy

mhen fy hun. Yn llwyr ar fy mhen fy hun.

Roedd rhoi'r bandejes amdanaf fi fy hun yn fwy anodd o lawer nag oedd hi'n ymddangos, ac yn cymryd LLAWER mwy o amser na'r disgwyl. Dymа oedd yn rhaid i fi 'i wneud.

1. Roedd yn rhaid i fi bentyrru clustogau a blancedi, a bocsys gemau, ar ben ei gilydd dim ond i allu estyn am y twb o eli ecsema. Mae'n rhaid bod rhywun wedi meddwl y byddai'n ddoniol ei gadw yn llaaaaawer rhy uchel i fi ei gyrraedd.

2. Roedd yn rhaid i fi gyffwrdd â'r stwff gwyn y tu mewn. (Roedd yr eli WASTAD YN RHEEEEEWLLYD O OER ac felly roedd hi'n debyg i gael pawen lawen gan ddyn eira, sydd byth bythoedd yn hwyl. Credwch chi fi.)

3. Wedyn roedd yn rhaid i fi blastro'r iâ dros y darnau pasteiog ar fy nghroen, gan drio peidio â dal niwlmonia a marw. Gallwn i BBBBBBBRRRRRRin wynebu'r peth.

DIWEDDARIAD: yn ôl Affa, 'niwmonia' ydy'r gair iawn, ddim 'niwlmonia'. Ond mae fy ngair i'n well – mae niwl bob tro yn oer!

4. Un o'r pethau anoddaf oedd cyrraedd fy nghefn. Yn syml, roedd yn rhaid i fi roi CWTSH i fi fy hun yn HYNOD o dynn – ond rhois i'r gorau iddi ar ôl cofio nad octopws oeddwn i, ac na allwn i wneud popeth.

5. Roedd yn rhaid i fi roi'r bandejes ymlaen yn gyflym cyn troi'n lolipop dynol a chyn i'r eli fynd i bobman dros y carped, y gwely, y waliau a'r holl ddillad drewllyd. (O'r gorau, do'n i ddim cystal am wneud hyn, ond doedd Affa ddim chwaith, a dweud y gwir. Tasech chi'n craffu ar y llawr, byddech chi'n gweld hen dolc ers y tro hwnnw pan lithrais i drwy ddwylo Affa.)

6. Y cam olaf oedd symud yr holl ddodrefn o amgylch y stafell fel bod y lle'n edrych yn daclusach.

Ac yna, TA-DA! Mae'r Sombi Yusuf Ali Khan at eich gwasanaeth!

Gan amlaf, pan fydd Affa wedi gorffen, dwi'n barod am y gwely. Ond y tro yma, wrth edrych o 'nghwmpas, allwn i ddim gweld y gwely, hyd yn oed. Rhaid bod hwnnw o dan yr holl lanast yma'n rhywle? O leiaf roeddwn i'n gwybod un peth yn sicr – doedd dim gwir angen Affa arna i rhagor. Roedd fy ffordd fy hun o wneud pethau'n fwy o hwyl o lawer.

AWTSH!

Wel, o'r gorau, roedd o'n fwy o hwyl tan i'r bocs o gemau bwrdd syrthio a glanio'n glep ar fy nhroed.

PENNOD NAW

Stori Gwyliau'r Haf. Ro'n i'n dal yma dros fil o eiliadau wedyn (sydd yn FWY NA chwarter awr, gyda llaw), ac ro'n i'n dechrau diflasu. Ro'n i wedi cael llond bol ar gropian o amgylch y stafell, yn griddfan ac yn ochain fel un o'r meirw byw. Ond doedd neb yma i wrando.

Tasai Affa yma, byddai hi gan amlaf yn esgus marw'n boenus ar ôl i fi ddychmygu rhwygo'i breichiau oddi arni, ac roedd hynny'n ddoniol iawn (PEIDIWCH Â RHOI CYNNIG AR HYN GARTREF). Byddai hi'n syrthio i'r llawr ac yn gweiddi, 'WNES I DY DRYSTIO DI! WNES I DY DRYSTIO DI! WNES I DY DRYSTIO DI, OND TI WEDI FY MRADYCHU I!

'TI'	★tagu, peswch, tagu★
'TI'	★tagu, tagu, peswch★
'WEDI FY'	★peswch, peswch, tagu★
'LLADD I'	★yn marw★
'Dwi wedi marw.'	★yn marw eto★

Ac yna byddai arolygydd yr heddlu (fi) yn rhoi tâp o amgylch safle'r drosedd efo'r bandejes oedd dros ben ac yn gorchuddio'i chorff marw ffug efo blanced. Yn y diwedd, bydden ni'n rowlio ar y llawr ac yn chwerthin cymaint nes y byddai'n rhaid i fi ddefnyddio fy nheclyn anadlu a byddai'n rhaid i Affa fynd i bi-pi.

"Dwi ddim angen Affa i gael hwyl," meddyliais. "Dwi ddim angen neb ond fi fy hun."

Gallwn i brofi hynny hefyd. Gan estyn am fy mandejes a'u rowlio nhw ar hyd y llawr, ceisiais greu siâp corff marw. Rhois fy mysedd yn y twb a thynnu llun o wyneb trist ar y llawr lle byddai'r wyneb i fod.

Yna dechreuais i actio'r cymeriad. Ar ôl anadlu'n ddwwwwwwwwfn, canolbwyntiais yn llwyr. Gallwn i wneud hyn. Ro'n i'n gwybod y gallwn i.

Ceisiais benlinio, ond roedd y bandejes yn gwneud hynny braidd yn anodd. Gan gau fy llygaid, anadlais yn ddwwwwwwwfn.

"AHHHHHHHHHHHHH," udais, gan daro fy nyrnau ar y llawr. "Pam oedd rhaid i ti fynd? PAM OEDD RHAID I TI FY NGADAEL I AR FY MHEN FY HUN BACH? PAM, O PAM, O PAM? AAAAAAAAAAAAAAAA—" Wir i chi, sôn oeddwn i am y corff marw dychmygol ar y llawr. Do'n i'n bendant ddim yn meddwl am Affa. Ddim o gwbl.

"Yusuf?" gwaeddodd Amma. Roedd ei llais hi'n dod o lawr grisiau.

Edrychais o 'nghwmpas yn gyflym fel tylluan: y stafell hon, y gwely, fi! Roedd angen i rywun roi'r holl le mewn cwarantin. Tasai Amma'n dod i fyny'r grisiau, byddai hi'n fy lladd. Byddai hi wedi darfod ar y Sombi Ali Khan. Roedd fy nghroen i ar y pared. I wneud pethau'n waeth, ro'n i'n siŵr nad oedd pobl go iawn yn codi o farw'n fyw mor gyflym chwaith!

"Ti'n iawn, *baba*?" gofynnodd hi. Gwichiodd drws ei stafell. Rhaid ei bod hi'n dal yn ei llofft.

Actia'n normal, actia'n normal, actia'n normal. "*Ji, Ammu-jan*? Ydw tad. Dwi'n wych, diolch." Daliais fy anadl. Doedd hi'n dal ddim wedi cau ei drws. "Dos di i gysgu, *Ammu-jan*, iawn? Mae popeth yn iawn fyny fan yma."

Sôn am fy sgiliau actio anhygoel! Taswn i ddim yn ofalus, bydden nhw'n fy arwain i helbul mawr.

"O'r gorau, *baba*," gwaeddodd hi. "Dos dithau i dy wely hefyd." Ac ar hynny, cliciodd ei drws ar gau'n dawel.

DIOLCH I DDUW! Roedd hynny'n agos. Trois yn ôl at y corff marw ffug, a oedd yn edrych yn fwy fel un o'r tatws yna sy'n gwenu, a'i gicio i gornel y stafell.

Tasai'n rhaid i fi ddweud y gwir, efallai y byddwn i'n dweud nad oedd pethau'r un fath heb Affa yma. Doedd y peth ddim yn teimlo'n iawn, rywsut. Efallai mai dyma sut deimlad oedd bod yn sombi go iawn. Fel cael stumog sy'n wag i gyd.

Doedd gen i wir ddim dewis arall ond deffro Nanu a'i dychryn hi am ei bywyd. Doedd hi ddim fel taswn i'n gallu gwneud hynny i Amma. Hi fyddai'n fy nychryn i am fy mywyd. Hyd yn oed heb fandejes.

PENNOD DEG

PLIP-PLOP.

Dyna, fy ffrind, oedd sŵn ein blwch llythyrau ni. Ond HEFYD, sŵn dechrau newydd sbon i Yusuf Ali Khan, dyn y tŷ.

Efallai nad oeddwn i erioed wedi agor llythyr o'r blaen, ond roedd hynny achos nad oeddwn i'n cael llythyrau. Roedd y llythyrau gan amlaf i Affa, Amma neu Nanu, a byddwn i wastad yn eu ffeindio yn y bin ryw ddeg eiliad wedyn.

Ta waeth, gan mai heddiw oedd CYNNIG DAU yn YMGYRCH DYN Y TŶ, roedd pethau'n newid yma. Roedd cowboi newydd yn y dref ac roedd gen i Fusnes Pwysig Iawn i'w wneud.

Yn ara deg, des i lawr y grisiau gan gracio fy migyrnau i'w cael nhw'n barod. Roedd gan 'ddyn y tŷ' lythyrau i'w hagor. Nid llythyrau dibwys chwaith: llythyrau pwysig dros ben. I fod yn onest, roedd yn rhaid i fi stopio chwarae efo fy migyrnau'n go sydyn oherwydd roedden nhw wedi dechrau brifo. Bobl bach!

Heddiw, roedd chwech amlen wedi glanio: un i Nanu (rhywbeth i'w wneud efo'i llygaid hi, efallai), tair i Affa (hi fyddai wastad yn cael y nifer mwyaf), dim un i Amma, ac un i'r 'Perchennog'.

Roedd Affa wedi dweud bod agor llythyrau rhywun arall yn erbyn y gyfraith. O'i nabod hi, fyddai hi ddim yn meddwl ddwywaith cyn achwyn amdana i, felly roedd yn rhaid bod yn ofalus. Roedd hynny'n golygu mai dim ond y llythyr olaf y gallwn i ei agor. Dyma rwygo'r amlen. Yn hytrach na llythyr gwyn cyffredin, un coch llachar oedd hwn.

Roedd geiriau anferth arno'n dweud:

> ANNWYL BERCHENNOG,
> Mae gennych chi fil sy'n ddyledus o £1287.38. Os na wnewch chi'r taliad ar unwaith, bydd camau cyfreithiol yn cael eu cymryd. Mae risg y byddwn ni'n cymryd eich tŷ. TALWCH NAWR neu collwch fwy yn nes ymlaen!

DALIWCH EICH DŴR AM FUNUD FACH DDREWLLYD. £1287.38! Sut ar wyneb y ddaear, yr haul, y sêr a'r galaethau y tu hwnt iddyn nhw ro'n i am allu talu hynny? Pwy yn y byd oedd y 'Cwmni Benthyciadau Tymor Byr'? Ac yn bwysicach na dim, pam oedden nhw eisiau dwyn ein tŷ ni?

Rhuthrais i fyny'r grisiau. Roedd fy nghalon yn curo ar ras. Roedd chwys eisoes yn llifo i lawr fy ngheseiliau, a doedd brysio i fyny'r grisiau ddim wedi helpu. Ro'n i'n sicr y byddai fy sbectols yn stemio oherwydd y mwg y gallwn i ei ddychmygu'n dod o 'nghlustiau. Cyn i'r mwg achosi difrod parhaol, dyma edrych o gwmpas y stafell fel barcud.

A dyna ble'r oedd o, reit yng nghornel y stafell wrth ochr fy sanau ymarfer corff drewllyd a'r ddau focs Jaffa Cakes (gwag erbyn hyn): fy holl gynilion. Codais gaead y cadw-mi-gei'n gyflym a llifodd yr arian ar y llawr.

O flaen fy llygaid roedd yna dri deg wyth wythnos o geiniogau coch ro'n i wedi chwysu'n galed i'w hennill. Ro'n i eisoes wedi colli cyfri sawl gwaith fu'n rhaid i fi esgus nad oeddwn i eisiau'r arian y byddai rhyw fodrybedd neu'i gilydd yn ei roi i mi.

£87.21 a £700 mewn arian Monopoli y gallwn i ei gyfnewid ryw ddydd – dyna i gyd oedd gen i. Roedd hynny'n golygu bod angen… £500.17 arall! (Dwi'n ddewin am wneud mathemateg pen, gyda llaw.) Byddai hi'n cymryd tan Sul y Pys i fi gynilo hwnnw i gyd! Hyd yn oed taswn i'n gwerthu gliniadur a ffôn Affa. Mae gan Affa iPhone 4 ceiniog a dimai; chawn i fawr ddim byd am hwnnw. A dweud y gwir, mae'r ffôn yn hŷn na fi! Ond fyddai gen i ddim digon o hyd. Roedd y peth yn amhosib. Roedd hi ar ben arnon ni. Ro'n i 103% yn siŵr o hynny.

PENNOD UN DEG UN

Roedd y peth yn swyddogol: roedd fy nyddiau 'dyn y tŷ' ar ben. Ro'n i'n gwybod y byddai Aadam wedi'i siomi, ac yn dweud na wnaeth Spiderman roi'r ffidil yn y to ar y cynnig cyntaf. Ond o leiaf cafodd hwnnw ychydig o help gan bry copyn arbennig. Roedd pob arwr yn cael help, ac mae unrhyw un sy'n dweud fel arall yn dweud celwydd. Roedd gan Superman yr haul, roedd gan Ant-Man y Pym Particles, roedd gan Wolverine grafangau Adamantium – ac roedd gan hyd yn oed Thanos yr Infinity Stones i'w helpu efo'i gynllun dieflig.

Ac wedyn dyna chi fi. Yr hen Yusuf Ali Khan syml, cyffredin.

Pa siawns oedd gen i? Doedd hi ddim fel tasai gan fy sanau budr drewllyd bwerau ymbelydrol, nac oedd?

Gadewais y llythyr coch o dan ddrws Affa cyn rhoi fy holl gynilion yn ôl yn y cadw-mi-gei, a rhoi hwnnw yn y lle iawn drws nesaf i'r bocsys Jaffa Cakes.

Gyda llai nag ugain diwrnod tan briodas Affa, roedd angen cynllun arall arna i. Ond roedd y sudd wedi llifo o fy ymennydd, a'r unig beth y gallwn i ganolbwyntio arno oedd **TIC-TOC** tawel y cloc:

TIC-TOC, TIC-TOC, TIC-TOC.

Roedd o'n swnio'n go debyg i 'nghalon i.

THWMP, THWMP, THWMP, THWMP, THWMP, saib. O'r mawredd, mae hi wedi stopio! **THWMP**. O, nac ydy, tydy hi ddim. Diolch i'r drefn!

"Be sydd ar dy feddwl di, fy *kholja tookra* bach?"

Ystyr hyn ydy 'darn o fy iau'

"AAAAAAAAAAHHHHHHHHHHHH! Nanu!?" sgrechiais, gan lamu ar fy nhraed. Anghofiwch am y cloc yn tician. Roedd fy nghalon yn gwibio fel car rasio ar dân. "Pryd ddaethoch chi yma?"

Crafodd Nanu ei phen a rhoi ei thraed ar fy ngwely. "Yn ystod gaeaf hir 1973, ar ôl yr hen ryfel rhwng Dwyrain Pacistan a —"

"Nanu! Dwi'n golygu i fy llofft i. Pryd ddaethoch chi i mewn i fy llofft i?"

"Wel, mi brynodd Abbu y tŷ yma cyn iddo fo —"

"Nanu, heddiw!" ochneidiais. "Pryd ddaethoch chi i mewn i fy llofft i fan hyn heddiw?"

"O, pam na faset ti wedi gofyn?" Roedd hi'n byseddu'i chadwyn baderau eto. "Dim ond pum munud cyn i ti redeg i mewn yma'n crio."

"Do'n i ddim yn crio!" Dwi'n addo, doeddwn i ddim. Weithiau, bydda i'n cael pwl bach o glefyd y gwair yn yr haf, dyna i gyd.

"Mae'n iawn. Does dim rhaid i ti guddio'r pethau yma rhag dy *nanu*. Mae dynion yn eu hoed a'u hamser yn crio o hyd. Wn i ddim sawl gwaith y gwnes i achosi i dy..." Tawelodd hi'n sydyn. "Beth bynnag, be sy'n bod, *beta*? Mae dy sgwyddau di'n edrych yn drwm."

"Dydyn nhw ddim. Dwi'n bod yn ddiog, Nanu, dyna i gyd." Gwnes i siâp seren fôr ar y llawr, gan geisio peidio â sylwi ar ewinedd traed Nanu. Roedden nhw'n galed a bron yn ddu. Un tro, roedd yn rhaid i Affa gael pâr o bleiars i dorri ewin bawd troed Nanu, oherwydd roedd y siswrn torri ewinedd wedi mynd yn sownd. Hedfanodd yr ewin drwy'r awyr a bron iawn â 'nharo'n anymwybodol. Roedd yn rhaid i fi ddeifio ar y llawr i'w hosgoi. Hyd heddiw, does neb yn gwybod i ble'r aeth yr ewin. Mae rhywbeth yn dweud wrtha i ei bod hi'n dal i guddio yn y carped rywle, yn barod i ddial.

"Coda dy galon, Îswff bach, a rho fasâj troed i dy *nanu*."

Rhewais, gan geisio peidio meddwl am ddim byd. Dim byd. Yn enwedig ei thraed ninja craciedig, milain o finiog. Oedd hi'n bosib y gallai Nanu ddarllen fy meddyliau i hefyd? Wnes i feddwl hynny'n uchel a swnllyd? Wnaeth hi sylwi? Roedd Affa wedi dweud wrtha i bod gan Nanu deimladau a do'n i'n sicr ddim eisiau eu brifo nhw.

Anwybyddodd Nanu fi. Efallai taswn i ddim yn edrych i'w llygaid y byddai hi'n anghofio ei bod hi wedi gofyn.

"Mae'r stafell yma fel twlc," meddai hi. "Sut mae dy chwaer yn mynd i ymdopi mewn priodas os na all hi hyd yn oed lanhau stafell ei brawd? Twt, twt, twt."

Dyna pryd y gwawriodd arna i: roedd hi'n foment bwlb golau. Trawodd y peth fi fel Jaffa Cake anferthol. Allwn i ddim credu nad oeddwn i wedi meddwl am y peth ynghynt. Efallai fod Affa, erbyn gweld, wedi cael y syniad anghywir wedi'r cyfan. Efallai fod angen ffordd wahanol o edrych ar fusnes 'dyn y tŷ'...

PENNOD UN DEG DAU

~~YMGYRCH DYN Y TŶ~~
DIWRNOD CYNTAF YMGYRCH STOPIO'R BRIODAS.

O'r gorau, efallai eich bod chi'n meddwl fy mod i'n mynd â phethau'n rhy bell. Ond do'n i ddim. Wir i chi. Roedd yn rhaid gwneud rhai pethau er lles pawb, ac roedd hwn yn un o'r pethau hynny. Pan ddywedodd Affa wrtha i ei bod hi'n bryd i fi fod yn ddyn y tŷ, roedd hi'n anghywir. Ddim esgidiau dyn y tŷ oedd angen eu llenwi. Esgidiau Affa'r tŷ oedd angen eu llenwi.

A gadewch i fi ddweud yn blwmp ac yn blaen, doedd dim ffordd ar wyneb y ddaear, yr haul, y sêr a'r galaethau y tu hwnt iddyn nhw y byddwn i byth yn gwneud y swydd honno. Byth bythoedd. Ein hunig ddewis ni fel teulu oedd ei stopio hi rhag gadael. Er mwyn popeth, pwy oedd hi'n meddwl oedd hi? Yn bod mor hunanol ac yn meddwl am neb ond amdani hi'i hun? Wnaeth Nanu yn sicr ddim ei magu hi fel yna. Felly roedd angen i rywun gamu i'r bwlch – a dyna fy rhan i yn y broses hon. Yusuf Ali Khan, yr arwr. Weithiau mae'n rhaid dioddef ergyd dros y tîm.

Roedd YMGYRCH STOPIO'R BRIODAS yn ei

hanterth bellach. Ac roedd yn rhaid i fi wisgo esgidiau rhywun arall a meddwl sut yn y byd y byddwn i'n llwyddo.

Dyma feddwl am wisgo sandalau Nanu, oherwydd roedden nhw bron yr un maint â fy rhai i, ond wedyn meddyliais yn ofalus iawn. Ro'n i wedi bod yn dychmygu Spiderman drwy'r adeg, ond dylwn i fod wedi bod yn fwy realistig, yn fwy difrifol ac yn fwy... aeddfed. Wrth gwrs! Batman!

Beth fyddai Batman yn ei wneud yn fy esgidiau i? Fel fi, does gan Bruce Wayne ddim uwchbwerau a dweud y gwir. Roedd popeth yn ei ben. Yn wir, po fwyaf y meddyliwn i am y peth, mwyaf oll y sylweddolwn i fod gennyn ni LAWER yn gyffredin.

~~Fi~~ Batman	Fi ~~Batman~~
Sgiliau ymennydd hynod lachar	Cof siwpersonig
Yn gwarchod Gotham	Yn gorfod gwarchod fy nhŷ
Ddim yn gallu dweud wrth neb beth mae'n ei wneud	Ddim yn gallu dweud wrth neb beth dwi'n ei wneud
Ffrind o'r enw Alfred – yr enw'n dechrau efo A	Ffrind o'r enw Aadam – yr enw'n dechrau efo A
Wastad yn meddwl am bobl eraill yn hytrach na fo'i hun	Gan amlaf yn meddwl am bobl eraill yn hytrach na fi fy hun
Yn gyfoethog IAWN	Angen bod yn gyfoethog IAWN

Felly beth fyddai Batman yn ei wneud?

Byddai Batman:

- Yn cadw o'r golwg
- Yn cadw'i lygaid yn agored am elynion (Affa ac Amma)
- Yn cadw'i glustiau'n agored am bob cyfle i wneud i'w gynllun lwyddo
- Yn creu cynllun i gychwyn (mae angen meddwl am fy un i)
- Yn hynod o gyfrwys fel na fyddai neb yn ei amau
- Yn meddwl yn chwim (oherwydd mae Affa'n dda iawn am wneud hynny)
- Yn actio fel ninja ac yn glynu at y cynllun (fyddwn i ddim yn newid fy meddwl)

A finnau wedi paratoi fy holl sgiliau, yr unig beth oedd ar ôl oedd penderfynu sut i stopio Affa rhag priodi Umar Bhai a'n gadael ni am byth.

Syniadau ar gyfer Ymgyrch 'Stopio'r Briodas':

- Archebu Xbox hynod o ddrud a llawer o gemau gyda cherdyn banc Affa fel nad oes ganddi hi arian at y briodas
- Anfon llun hynod o hyll o Affa yn slei at Umar Bhai (mae gen i DDIGONEDD ohonyn nhw lle mae hi'n pigo'i thrwyn yn yr ysgol feithrin!)
- Gwneud i Umar Bhai gasáu ein teulu ni cymaint fel ei fod o'n dweud na wrth Affa
- Anfon llun hynod o hyll o Umar Bhai yn slei at Affa (gallwn i dynnu'r llun fy hun)
- Dweud wrth Nanu bod Umar Bhai yn ddeintydd ac y bydd o'n cymryd ei *gwa fan* oddi arni

Gyda chynllun manwl a llawer o syniadau parod, y cyfan oedd angen i fi ei wneud oedd cymryd y cam cyntaf. Dyma dynnu sandalau Nanu i ffwrdd i wneud pethau'n haws, a llithro i'r llawr, fel y byddai Batman yn gwneud weithiau. Byddai Amma wastad yn dweud bod y pethau gorau'n dechrau'n fach ac yna'n tyfu'n fwy – yn union fel fi. Felly byddwn i'n aros am y cyfle hwnnw: yn aros am rywbeth bach i wneud i'r ymgyrch gychwyn go iawn. Gyda fy llygaid yn chwilio am elynion, a 'nghlustiau'n gwrando am bethau a allai fy rhwystro, arhosais i'n eiddgar am fy moment bwlb golau nesaf.

Do'n i ddim yn disgwyl iddi gyrraedd mor gyflym, dyna i gyd...

PENNOD UN DEG TRI

"TAAAAAAAAAMMMMYYYYYY!" gwaeddodd Amma o waelod y grisiau. Roedd ei sgrechian hi'n troelli'r holl ffordd i fyny i fy llofft. "Alli di wneud te i fi a Nanu?"

"Dwi'n dod!" Gwibiodd Affa heibio i fi heb sylwi am eiliad fy mod i'n cuddio ar y landing fel lamp. Ro'n i'n llwyddo'n WYCH i fod yn GYFRWYS. Dyma fi: meistr y crefftau ymladd a finnau ddim eto'n ddeg oed. Galwch fi 'n Batboy, a chroeso.

A finnau bellach yn ninja go iawn, dyma gropian i lawr y grisiau, gan geisio cuddio yng nghysgodion y wal. Ro'n i'n gwybod am bob gwich yn y tŷ, felly gallwn i lithro'n dawel at unrhyw un ac ymosod arnyn nhw tasai rhaid. Ond ro'n i'n gobeithio na fyddai'n rhaid gwneud hynny.

"Helô Îswff."

"AAAAAAAAAAAAAAAAAAAA!"

Bron iawn i fi gael ffit a disgyn yr holl ffordd i lawr y grisiau wrth i Nanu fy mhwnio â'i ffon gerdded. "Ddim eto!" gwichiais. "O ble ar y ddaear y daethoch chi?"

"Wel mae hynny'n dibynnu," meddai Nanu, gan

ddefnyddio'i ffon gerdded i 'nharo. "Ar fy mhasbort i, mae'n dweud —"

"Dim ots," dywedais, gan lamu ar fy nhraed i weld a oedd fy nghoesau a fy mreichiau wedi'u hanafu yn y frwydr. Er mai dynes fach bitw oedd hi, roedd gan Nanu nerth.

"Wel," dywedodd hi, gan fy ngwthio i o'r ffordd efo'i ffon gerdded. "Mae'n well i fi fynd i siarad efo dy chwaer am ei hyfforddiant hi. 'Her y *Chaii*' sydd heddiw."

"Her y be?" gofynnais, gan osgoi'r ffon gerdded wrth i honno wibio o ochr i ochr. Does dim angen y ffon arni, ar fy marw. Mae hi'n hoffi taro pobl, dyna i gyd.

"*Chaii*, fy ngwas i." DWI'N DEALL. Mae'n golygu bod yn rhaid i Affa ddysgu sut i greu'r baned o de berffaith. Dim fel y bydd y Cymry'n gwneud te gyda thegell a bagiau te chwaith... dydy bywyd ddim mor rhwydd â hynny.

Daeth aeliau Nanu at ei gilydd ac ymddangosodd crychau ar ei thalcen. "Erbyn y gallwn i gerdded, ro'n i'n *chaiiwala* o fri. Mi fyddai pobl yn dod o bob cwr o'r pentref i flasu fy niodydd melys."

Rhywun sy'n gwneud te ydy *chaiiwala*
(ac mae o hefyd yn gaffi cŵl, ffansi

i bobl mewn oed yn y dref. Ewch am y brecwast *Desi* os cewch chi gyfle)

Rhaid bod Nanu'n hen iawn yn dysgu sut i gerdded, achos does dim ffordd yn y byd y byddai neb yn rhoi dŵr berwedig i fabi – dim hyd yn oed yn Bangladesh.

"Sut mae hyn yn effeithio ar Affa?"

"Wel, i fod yn wraig BERFFAITH, mae'n rhaid gwybod yn union sut i wneud y *masala chaii* PERFFAITH. Mae'n rhaid iddo fo fod yn hufennog ac yn ewynnog ac yn stemiog, gyda thwtsh o sinamon, mymryn o hadau ffenigl, pinsiad o gariad, a —"

"Dwi ddim yn meddwl bod modd prynu cariad yn nunlle, Nanu," torrais ar ei thraws. Ro'n i 99.93% yn siŵr nad oedd Umar Bhai yn yfed te, hyd yn oed TASAI'R holl gynhwysion gennyn ni.

Rhythodd Nanu arna i, gan wasgu ei gwefusau coch, sych at ei gilydd. "Hy! Paid â malu awyr!" Ac ar hynny, i ffwrdd â hi i lawr y grisiau, yn cario'i ffon gerdded efo hi.

"*Chaii*, Îswff bach," galwodd hi yn ôl, "ydy popeth! Y gyfrinach i bob priodas dda."

MOMENT BWLB GOLAU #1

A dyna hi, fy ngorchwyl, taswn i'n dewis ei derbyn hi (ac yn amlwg, byddwn i). Fy ngorchwyl oedd gofalu y byddai Her y *Chaii* yn fethiant llwyr.

PENNOD UN DEG PEDWAR

Erbyn i fi gyrraedd y gegin, roedd Affa eisoes wedi rhoi'r llefrith ar y stof. Er mai dim ond pedwar o bobl fyddai'n ei yfed, roedd hi wedi defnyddio pump o fagiau te, a'r rheini wrthi'n gollwng ac yn meindio'u busnes. Y gyfrinach, dysgais i sbel yn ôl, oedd peidio â defnyddio dŵr a rhoi bag te ychwanegol i mewn.

"Symuda, was," meddai Affa, gan daflu'r hadau ffenigl i'r llefrith. "Rhag i ti losgi."

Cymerais gam yn ôl – sawl cam, a dweud y gwir – ac eistedd wrth fwrdd y gegin rhwng sgarff Affa a'r Bombay Mix. Roedd hi eisoes wedi achub y blaen arna i, ac roedd y *chaii* yn gwneud ei waith yn dawel bach, yn edrych yn hufennog ac yn ewynnog ac yn stemiog – yn union fel disgrifiad Nanu.

Arogleuais y te a dechreuodd fy mol wneud twrw. Bobl bach, am aroglau blasus! Diod o Jannah oedd hwn. A hynny'n golygu bod gen i lot o gynllwynio i'w wneud. Ond y cwestiwn oedd: pryd?

"TAAAAAAAAAMMMMMMMMMY,"

gwaeddodd Nanu o'r stafell fyw. "Alla i ddim dod o hyd i'r *Bangla News.* Mae o wedi diflannu."

"AR Y FFORDD!" gwaeddodd Affa yn ôl. "Cadwa'n glir o'r sosban, Yusuf. Iawn?" Cyn aros am ateb, cipiodd ei sgarff a rhuthro allan.

Dyma oedd fy nghyfle i. Roedd angen rhywbeth ofnadwy o ffiaidd arna i i sicrhau y byddai Affa'n methu her Nanu.

Dyma chwilota drwy'r droriau heb ddod o hyd i ddim byd. Ond yng nghrombil y cypyrddau, roedd pob math o sbeisys, cnau a dail, codennau a hadau, corbys a tsilis.

A dyna lle gwelais i o, reit yng nghanol holl liwiau'r enfys: yr ELASIS.

Mae'r darnau du tu mewn yn blasu fel traed drewllyd! YCH A FI!

PERRRRRRRRFFAITH.

Un o'r pethau gwaethaf y gallwch chi'i wneud yn eich bywyd ydy bwyta cyrri cyw iâr bendigedig, yn llawn tatws, pupur a thomato, dim ond i frathu ar un o'r PETHAU AFIACH yma. Ar ôl gwneud hynny, mae hi ar ben. Wnewch chi fyth fwynhau'r cyrri hwnnw eto – waeth pa mor hir y byddwch chi wedi bod yn ei ffroeni wrth i Affa goginio. Ond gallai pethau fod yn waeth. YN WAETH O LAWER.

Unwaith, ro'n i, Affa ac Amma yn gwneud samosas cyn

Eid, a dyma nhw'n penderfynu mai fi fyddai'n gyfrifol am gyfri'r elasis. Beth oedd ar eu pennau nhw? Cyfrais i'n anghywir, ac ar ddamwain, gadael elasi yng nghymysgedd y samosas cyw iâr. Cymysgedd ffansi oedd hwn hefyd, un y bydden ni'n ei wneud i westeion arbennig yn unig. Gwnaethon ni 347 o samosas y diwrnod hwnnw, ac rydyn ni wedi bwyta 40 ohonyn nhw hyd yn hyn. Mae hyn yn golygu bod yna siawns o 1/307 y bydd rhywun yn brathu ar yr elasi coll. 'Y BYDD rhywun', meddwn i, oherwydd mae o'n dal yno yn rhywle. Yn AROS. Alla i ddim disgwyl i weld pwy fydd yn gwneud!

Canolbwyntia, Yusuf. Canolbwyntia. Agorais y caead a thaflu dau, tri, pump – na, pam ddim, DEG elasi i mewn i'r cymysgedd. Dylai hynny fod yn hen ddigon. Nesaf, dyma fi 'n dadsgriwio'r bocs bach roedd Amma'n ei ddefnyddio i gadw'i phethau mwyaf gwerthfawr, a chwilio am ei heitem fwyaf amhrisiadwy: tsili ysbryd gwyllt o Affrica. **MWHWHAHAHAHAHA!**

Gan amlaf, byddai Amma'n cadw un neu ddau yn ei chuddfan. Dyma'r peth mwyaf sbeislyd ar wyneb y ddaear. Dywedodd Affa unwaith fod pobl yn gallu marw gan ei fod o mor boeth, a dyna pam roedden nhw'n ei alw yn tsili ysbryd: byddai dynion yn troi'n ysbrydion ar ôl ei fwyta. Sy'n frawychus ond yn cŵl hefyd, yn tydy? Roedd Amma a Nanu wastad yn eu bwyta nhw, yn cnoi'r tameidiau lleiaf un ar y tro, fel llygod. Ond yn ôl pob sôn, byddai Nana'n arfer eu bwyta nhw'n gyfan, fel tasen nhw'n greision caws a nionyn. Byddwn i wedi gwneud unrhyw beth i fod yn fyw i weld hynny.

Ond y tro yma, doedd dim ar ôl. Felly roedd angen syniad arall arna i. Dyma ddadsgriwio mil o gaeadau eraill, gan ffroeni i geisio dod o hyd i'r ateb. Roedd popeth yn arogli mor hyfryd! Ond arhoswch eiliad! Beth oedd hwn?

Fel mae'n digwydd, yng nghefn pella'r cwpwrdd, rhwng y traed cyw iâr wedi'u ffrio a'r pys sbeislyd, roedd hen dun llychlyd. Dyma bilio'r caead i ffwrdd a dod o hyd iddo – y peth oedd wedi bod yn aros amdana i drwy gydol yr amser.

Y tu mewn, roedd afiachbeth gludiog, brown. Doedd yr arogl ddim mor ffiaidd ag y byddwn i wedi hoffi iddo fod. Eto i gyd, roedd o'n edrych fel tu mewn i glwt babi, ar ôl i'r babi hwnnw gael ffrwydrad pi-pi a phw-pw EFO'I GILYDD. Roedd hyn, fy ffrind, yn ardderchog!

Gafaelais yn sydyn mewn llwy wrth i ddrws y stafell fyw glicio ar gau. O na! Roedd Affa ar ei ffordd. Doedd gen i ond amser i ollwng un llwyaid fawr, flêr i mewn. Wrth wneud hynny, llithrais, a bron iawn i fi dywallt *chaii* berwedig drosta i.

AAAHHHHHHHH! Roedd sŵn traed Affa yn dod yn uwch ac yn uwch ac yn UWCH. Larwm rhybudd!

Larwm rhybudd! AMSER MYND I BANIG!

Yr eiliad y daeth hi i mewn i'r gegin, deifiais o dan y bwrdd, gan fynd â'r tun o ffrwydrad pw-pw gyda fi. Ro'n i wedi diflannu o'i golwg.

PENNOD UN DEG PUMP

Credwch neu beidio, roedd yn rhaid i fi gropian o'r gegin ar ôl i Affa droi ei chefn. Wrth iddi dywallt y te, heb wneud siw na miw, gadewais y tun o bw-pw ar ôl a sleifio fel Batboy yr holl ffordd i'r stafell fyw, lle llwyddais i anadlu fel bod dynol o'r diwedd.

Roedd hynny'n AGOS.

Roedd Amma wedi gadael powlen o Bombay Mix ar y bwrdd fan hyn hefyd, felly gallwn i eistedd yn ôl, ymlacio, a pharatoi at y sioe.

Wrth i Affa wneud twrw yn y gegin, roedd y newyddion ar y teledu. Roedd Amma a Nanu'n gwrando'n astud, ond allwn i ddim canolbwyntio. Unrhyw eiliad...

Y funud honno, agorodd y drws led y pen a daeth Affa i mewn. Roedd y sioe ar fin dechrau. Ar adegau fel hyn, byddai hi mor braf cael remôt contrôl ar gyfer bywyd go iawn. Gallwn i wedyn chwarae pethau'n ara deg, fel hoff sioeau drama Nanu o India.

Stwffiais lond llaw o Bombay Mix i 'ngheg a gadael i'r blasau ffrwydro ar fy nhafod wrth i Affa roi'r hambwrdd ar y bwrdd. Roedd y *chaii* yn dal i arogli'n hufennog ac yn ewynnog.

"Nanu?" gofynnais, gan basio'r Bombay Mix iddi.

"Na, na, fy ngwas i," meddai hi, gan fy hel i ffwrdd. "Mae gen i bethau pwysicach i'w gwneud. Fydda i'n methu blasu'n iawn os bwyta i hwnna." Hefyd, doedd gan Nanu DDIM DANNEDD o gwbl, ac efallai fod hynny'n rhan o'r rheswm. Fy nghamgymeriad i...

Rhoddodd Affa'r te o flaen Nanu, cyn tywallt peth i Amma ac wedyn i fi. Yna eisteddodd yn ôl o'r diwedd gyda chwpanaid iddi hi'i hun. Chwythodd i'r cwpan i'w oeri.

"Amma?" gofynnais, a'm llygaid wedi'u hoelio ar wefusau Affa.

Ysgydwodd hi ei dwylo, a'i breichledi'n tincial. "Bwyta di fo, *beta*."

"O'r gorau," meddai Nanu'n araf, gan godi'i chwpan. "Be am i ni flasu'r *chaii* yma?"

"Os oes rhaid," meddai Affa, gan chwythu'n galetach i'w chwpan hi'i hun. Chwythodd hi mor galed, roedd hi o fewn dim i boeri ynddo. Y te, druan.

"Mae'r lliw'n berffaith," meddai Nanu wrth graffu, gan gulhau ei llygaid anferth i wneud yn siŵr. "Dydy o ddim yn rhy dywyll, a dydy o ddim yn rhy olau." Dyma hi'n troelli'i chwpan a dechreuodd ei sbectols hi stemio. "Mae'r arogl yn gryf iawn, yn union fel dwi'n ei hoffi." Sniffiad ANFERTH arall – roedd hi'n syndod na wnaeth y te SAETHU i fyny ei thrwyn.

Crynais wrth feddwl am y peth, tra oedd Affa'n esgus nad oedd ots ganddi wrth edrych ar y teledu.

"Mae angen i ni gael llai o westeion, Amma," meddai Affa, wrth ffidlan efo'r remôt. "Allwn ni ddim fforddio gwahodd pob Dawud, Mahmood ac Ali."

Gan lowcio llond llaw arall o'r Bombay Mix, dyma gnoi'n ara deg, rhag i fi golli unrhyw fanylion pwysig wrth wneud sŵn **CRYNSH CRYNSH.**

"Paid â phoeni, *beti*," meddai Amma, gan godi ei chwpan hi'i hun at ei gwefusau. "Dydy ffrind ffrind modryb llysfam dy gefnder Bilal ddim yn gallu dod erbyn hyn, felly dyna i ti saith yn llai. A chofia, dydyn ni ddim yn gwahodd dy *mammi* chwaith, felly dyna i ti wyth."

Modrybedd ydy *mammis* sy'n priodi *mamas* (ac mae *mamas* yn frodyr neu'n gefndryd-frodyr i'ch mam). Mae'n ddryslyd iawn, dwi'n gwybod. Dwi'n ceisio peidio meddwl gormod am y peth, ac yn esgus fy mod i'n deall y cyfan. Mae nodio'n hyderus yn helpu, erbyn deall. Rhowch gynnig arni hi. Dwi'n feistr erbyn hyn!

Ochneidiodd Affa, ond cododd ei llygaid yn sydyn pan gliriodd Nanu ei gwddw.

Roedd y foment fawr wedi cyrraedd: cododd Nanu'r cwpan at ei gwefusau a chwythu. Am chwinciad chwannen, cliriodd y stêm a llifodd tonnau bach drwy'r te. Chwythodd hi eto, ac eto, ac eto, gan glecian ei gwefusau fel camel yn cnoi.

Dewch, Nanu! Brysiwch!

O'r diwedd, ar ôl hir a hwyr, dyma hi'n rhoi ei gwefusau yn y *chaii* ac yn cymryd llymaid HIIIIIIIIR ac **AAAAAAAAARAF**. Ac yna, rhewodd hi. Rhewodd hi yn ei hunfan. Dyma hyd yn oed Affa ac Amma yn troi rownd ac yn rhythu arni.

"Farhana Begum," meddai Nanu, gan glirio'i gwddw. Roedd traw ei llais hi mor uchel, ro'n i'n tybio efallai y byddai'r cwpan yn ei llaw'n torri'n deilchion. "BE YN Y BYD!?"

PENNOD UN DEG CHWECH

Ceisiais i beidio â gwenu, ond wir, roedd hynny MOOOOOOOOOOOOOOR anodd. Felly stwffiais i 'ngheg yn LLAWN DOP o Bombay Mix er mwyn peidio. **Yusuf 1: Affa 0.**

"Em, ydy popeth yn iawn, Nanu?" Rhoddodd Affa ei the i lawr heb gymryd llymaid, a thawelu'r teledu. Dechreuodd ei haeliau wnïo'u hunain at ei gilydd.

Amma oedd yr unig un oedd yn gwneud sŵn, ond dyma hithau'n stopio llymeitian hefyd, gan adael dim byd ond distawrwydd.

Mwmiodd Nanu rywbeth, ond allwn i ddim deall beth. **LLLLYYYYYYYYYYMMMMAAID.** "Y *chaii* hwn, *beti*," meddai hi, bron dan sibrwd, ar ôl cael llymaid arall, "ydy'r *chaii* GORAU i mi'i flasu yn fy holl fywyd."

Saethodd y Bombay Mix o 'ngheg fel tân gwyllt ym mis Tachwedd, gan dasgu dros y bwrdd. Ceisiais beidio â thagu wrth i hedyn bach gwyrdd hedfan o 'ngheg i mewn i de Amma.

"Yusuf!" gwaeddon nhw gyda'i gilydd, fel tasen nhw'n dripledi.

"Ro'n i am ddweud..." Ond arhoswch eiliad. Beth oeddwn i am ei ddweud? Beth yn enw'r Jaffa Cakes oedd yn digwydd? Doedd hyn ddim yn gwneud synnwyr. Codais fy nghwpan fy hun yn nes a chwythu, gan gymryd llymaid go dda o *chaii*.

MA SHAA ALLAH.

Ystyr hyn ydy 'beth mae Allah'n ei ddymuno' – sut mae hynny'n berthnasol o gwbl, dwi ddim yn siŵr, ond dywedodd Affa wrtha i am ddweud hyn pan fydd rhywbeth yn hynod o flasus. Mae hi'n ei ddweud weithiau hefyd, felly rhaid ei fod yn rhywbeth clyfar i'w ddweud.

Bobl bach! Roedd Nanu'n iawn ac ro'n i'n athrylith. Ro'n i newydd wneud y baned fwyaf perffaith o de yn y byd, a do'n i ddim hyd yn oed yn gwybod hynny. Roedd Affa, ar y llaw arall, yn wên o glust i glust. A hithau'n ceisio esgus ei bod hi'n 'rhy cŵl i fod ag ots'.

Cymerais i lymaid hir arall. Roedd o'n gynnes ac yn llyfn – ac yn arbennig o hufennog ac ewynnog a stemiog, gyda ffrwydrad o gariad, pinsiad o sinamon, **POP!** yr hadau ffenigl, ac, ac, ac roedd rhywbeth arall nad oeddwn i erioed wedi'i flasu o'r blaen yn cuddio yno hefyd. Rhywbeth melys, ysgafn.

"Gŵ," meddai Amma, gan wincio arni. "Cynhwysyn cyfrinachol Nanu."

BETH? Oeddwn i wedi clywed yn iawn? "Gŵ?" Y gair Bengaleg am BŴ? Oeddwn i wedi cyffwrdd â phŵ go iawn? ARHOSWCH EILIAD! Oedden ni i GYD newydd yfed PŴ?

Roedd hyn yn argyfwng, ac ro'n i angen fy nheclyn anadlu – ble roedd fy nheclyn anadlu? – edrychais ar Affa am help, ond roedd honno'n crychu ei haeliau, fel tasai hi'n ceisio cofio gwneud rhywbeth NAD OEDD HI WEDI'I WNEUD GO IAWN!

"Plis dyweda dy fod ti heb, Affa. DYWEDA DY FOD TI HEB!" criais. "Ydan ni newydd yfed GŴ?"

Cafodd Amma bwl sydyn o chwerthin, gan boeri sudd gŵ i 'nghyfeiriad.

"MAE O'N LLOSGI!" hisiais, gan ddefnyddio fy nwylo fel tarian i amddiffyn fy hun. "MAE O'N LLOSGI!"

"Mae'n iawn, Smeagol," meddai Affa, gan lymeitian ei

the'n bwyllog. "Gŵŵr, ddim gŵ," meddai hi.

"Gŵŵr?" gofynnais. Beth ar wyneb y ddaear oedd hwnnw?

Llyncodd Amma lymaid arall. Gobeithio na sylwodd hi ar yr hedyn bach oedd wedi glanio ynddo cynt. "Triog dêts."

"Dêt be?" holodd Nanu. "Pwy sy'n mynd ar ddêt yn y tŷ yma?" Roedd hi'n craffu ar Affa bellach, a'i ffon gerdded wrth law'n barod.

"Does yna neb yn mynd ar ddêt yn y tŷ yma, Nanu." Trodd Affa yn ôl ata i. "Mae o'n frown."

"Pwy sy'n frown?" gofynnodd Amma.

"Dy fab yng nghyfraith," meddai Affa wrth Amma, gan geisio anwybyddu llygaid tanbaid Nanu. "Ac mae o'n sticlyd."

"Ond DWI yn sticlyd!"

"Pam wyt ti'n sticlyd?" brathodd Amma. "Be wyt ti wedi'i wneud, Yusuf Ali Khan?"

"Ydy o'n edrych fel ffrwydrad pi-pi a phw-pw wedi sychu?" gofynnais o ddifri.

"Ewwwww." Crychodd Affa ei thrwyn. "Am afiach, Yusuf." Trodd hi'r sŵn yn ôl ymlaen ar y newyddion, a gwrando ar y cyflwynydd yn parablu. Roedd Affa'n dal i wenu pan eisteddodd Nanu yn ôl eto a dal ati i yfed. Rhaid mai dyma'r tro cyntaf ers iddi gael ei geni i Nanu fod yn garedig wrthi.

"Dylet ti ddysgu gan dy chwaer, Îswff." Bachodd Nanu ei ffon gerdded eto a swatiais i'n nes at Amma i gael fy amddiffyn. "Mae gan y *chaiiwala* yma ddyfodol disglair o'i blaen. Yn does, Tammy?"

"Ond, ond," dechreuais i. "Ond arhoswch —"

"Dim 'ond', Îswff. Bydd dawel. Dwi'n trio mwynhau te dy chwaer."

Goleuodd llygaid Affa, ond gan ei bod hi'n ceisio bod yn cŵl o hyd, ddywedodd hi ddim byd yn ôl. Roedd fy holl driciau clyfar wedi mynd o chwith – roedd y *chaii* yn gwbl berffaith ac roedd Affa'n eistedd o fy mlaen i'n hunanfodlon, fel tasai hi'i hun wedi creu fy nghampwaith blasus. Suddodd fy nghalon: Yusuf 0 – Affa 1. Ond o leiaf roedd gen i *chaii* o Jannah a fyddai'n codi fy hwyliau.

"TAMMMMMMMY!" cyfarthodd Nanu'n sydyn, gan wneud i fi dywallt te dros fy nhrowsus i gyd. Roedd o'n boeth! Yn BOETH. Yn BOETH!

"Dydy priodferched DDIM yn gwenu!" gwaeddodd Nanu, gan chwifio'i ffon gerdded o'i blaen. "Oes gen ti ddim CYWILYDD? Rho'r gorau iddi, *chaiiwala* bach, neu mi fydd pobl yn meddwl dy fod ti'n falch o'n gadael ni!"

Gwgodd Affa ac estyn hances bapur i fi o'i phoced, i geisio sychu fy nghoesau.

"Cymra fy un i," meddai hi, gan basio ei *chaii* i fi.

**CYWIRIAD: Yusuf 0,
Affa 1, Nanu 1.**

PENNOD UN DEG SAITH

Un o'r pethau dwi'n eu mwynhau fwyaf am briodasau (ar wahân i'r bwyd yn amlwg) ydy'r anrhegion. Dim fi biau nhw, ond dwi'n hoffi gweld y pecynnau gloyw i gyd wedi'u lapio, ac yn esgus mai i fi mae rhai ohonyn nhw.

Pan fydda i wir eisiau rhai penodol, bydda i'n syllu arnyn nhw am hir, ac yn dweud pethau neis amdanyn nhw fel, 'Dwi'n siŵr bod y siocledi yna'n flasus ofnadwy', neu 'Mi ddylen ni roi'r peth gwneud waffls yma ymlaen yn y gegin yr eiliad yma i weld ydy o'n gweithio', neu hyd yn oed, 'Mi fydd y £300 yna'n ddefnyddiol yn y llaw iawn', a bydda i wedyn yn chwifio fy llaw fel awgrym cynnil. Dydy hynny ddim wastad yn gweithio, wir i chi, ond weithiau mae pobl wedi taflu rhai o'r anrhegion ata i oherwydd hynny. Rhowch gynnig arni.

Heddiw, dwi'n helpu Amma, Nanu ac Affa i lapio anrhegion i Umar Bhai. Mae'i deulu o'n dod draw yn nes ymlaen efo ffrog briodas Affa. Hen bryd, os gofynnwch chi i fi. Aeth hi i brynu'r ffrog efo nhw oesoedd yn ôl.

Os ydych chi'n pendroni pam fy mod i'n helpu, gyda llaw, wel oherwydd i fod yn ysbïwr gwych, mae'n rhaid sleifio ymysg y gelyn a bod yn asiant dwbl. Fydd y Batboy yma ddim yn llwyddo i wneud dim byd drwy roi'r ffidil yn y to ar y cynnig cyntaf. O, na fydd. Mae'n rhaid cadw llygad am gynllun arall wrth gefn. A gan fod hanner y stafell fyw yn llawn basgedi o felysion a danteithion, ro'n i'n gobeithio y byddai yna syniad yn POPIO! yn fy mhen. Ond doedd pethau ddim mor hawdd â hynny, a dweud y gwir.

"Yusuf?" meddai Amma, gan ymestyn ei bysedd. Ro'n i'n barod efo stribedi o dâp ar gyfer ochrau'r fasged.

Wrth ddweud ein bod NI yn lapio'r cyfan, yr hyn dwi'n ei olygu ydy mai fi oedd dyn y selotep. Roedd fy swydd i'n bwysig dros ben: hebdda i, byddai popeth yn syrthio'n ddarnau – yn llythrennol. Pan fydd rhywun yn dweud 'Yusuf', bydd fy mysedd i'n dechrau gweithio. Roedd yn rhaid tynnu'r hyd union gywir o selotep a'i roi'n ofalus i bwy bynnag oedd yn gofyn amdano. Os byddai'r tâp yn rhy hir, byddai'n ddwbl y gwaith, gan y byddai'n rhaid i mi ei dorri eto a thaflu'r darn oedd dros ben i ffwrdd. Os byddai'r tâp yn rhy fyr, yna byddai'n rhaid dechrau o'r dechrau eto. Dydy hi ddim yn swydd hawdd, ond mae'n rhaid i rywun ei gwneud hi.

"Yusuf," meddai Affa, gan fesur ruban coch ar y llawr a'i gyrlio. Roedd o'n edrych bron fel ei gwallt hi. Tybed a allen ni dorri ychydig o stribedi coch o ben Affa a'u defnyddio nhw tasai'r ruban yn dod i ben? "Dos i edrych ydy bocs yr oriawr yn yr hamper lleiaf wrth y tân."

Dyma fynd â'r selotep yn gwmni a rhoi'r ochr ludiog dros fy mysedd rhag i fi golli fy lle.

O dan y plastig, roedd yr oriawr yn disgleirio. Roedd y bysedd yn ticio'n dawel dros y llythrennau arian bychain oedd yn dweud HUGE BOSS. Roedd Umar Bhai yn sicr yn fawr, ond doedd dim gobaith mul y byddai'n gallu bod yn fôs ar Affa. Byddwn i'n rhoi Jaffa Cakes da yn dâl i'w weld yn rhoi cynnig arni.

"Mae o ar agor," meddwn i, gan syllu ar y wyneb. "Mi fyddai'r oriawr yna'n edrych yn wych ar y llaw iawn, Affa."

Dyma chwifio fy llaw rhag ofn.

"Go dda," meddai hi, gan chwerthin.

Roedd hi'n werth trio. Darllenais i'r llythrennau eto. "Pan fyddi di'n priodi, Affa," gofynnais, "ddim ti fydd y bòs rhagor?" Mae hi wir yn anodd credu y byddai Affa yn rhoi'r gorau i fod yn fòs. Dim ond Duw all helpu Umar Bhai. Dwi ddim yn credu ei fod o wedi meddwl yn iawn am y briodas yma. Druan ohono.

Chwarddodd Amma a gwgodd Nanu, gan ollwng ei siswrn yn y fan a'r lle.

"Wrth gwrs ddim!" brathodd Nanu, gan dynnu'i sgarff dros ei phen eto. Roedd honno wedi syrthio i ffwrdd am y miliwnfed tro. Lwcus na welodd hi Affa yn rowlio'i llygaid. "Mae'r wraig berffaith yn gwybod na ddylai hi siarad oni bai bod rhywun yn siarad efo hi! Dwi ddim yn gwybod pwy yn y byd mae'r merched Londoni yma'n meddwl ydyn nhw, yn siarad efo'u gwŷr cyn diwrnod eu priodas!"

Pobl o Brydain a Chymru mae Nanu'n ei olygu wrth ddweud 'Londoni'.

"Nanu!" Gollyngodd Affa'r ruban a chodi'i llais. CAMGYMERIAD! Camgymeriad MAWR. Cama 'nôl, Affa. CAMA 'NÔL! Ond wnaeth hi ddim, er bod Amma wedi rhoi bys ar ei gwefus yn sydyn a dweud wrthi am fod yn DAWEL! Mae hi'n wirion bost weithiau. "'Dach chi'n dweud wrtha i na wnaethoch chi erioed siarad efo Nana cyn i chi briodi? O DDIFRI?"

"Wrth gwrs y gwnes i, yr hen het," atebodd Nanu, gan wthio basged arall tuag ati.

Ymlaciodd ysgwyddau Affa fymryn. Diolch i'r drefn! Roedd y perygl drosodd.

"Mi siaradon ni ar ddiwrnod ein priodas," datganodd Nanu'n falch.

Dechreuodd aeliau Affa grynu. Roedd yna fom yn tician.

PENNOD UN DEG WYTH

Roedd aeliau Affa'n tician. **TIC TIC TIC**. Dechreuodd ei cheg grynu hefyd. Roedden nhw'n edrych fel lindys aflonydd, yn ysgwyd eu pen ôl.

Gwrandewch. Dim fi ydy'r brawd gorau yn y byd bob tro, ond galla i'n sicr ffroeni trwbl. Roedd fy synhwyrau pry-coplyd yn deffro, ac roedd angen achub Affa, am unwaith. Roedd hi'n bryd ei thynnu hi allan o'r twll yma.

Dyma edrych o gwmpas y stafell am rywbeth i dynnu sylw. Y teledu: na. Y ffôn: ddim y tro yma. Paned o de: dim digon o amser. Siocledi: bingo!

"Edrychwch, Nanu." Ro'n i wedi cipio'i sylw. Byddwn i'n haeddu medal am fod yn frawd o fri. "Mae'r danteithion yna'n edrych yn ansbaradigaethus. Mi fydden nhw'n blasu'n ysblennydd yn fy ngheg i." Do'n i ddim yn gwybod beth oedd ystyr 'ysblennydd', ond roedd o'n swnio mor dda, trodd Nanu ei phen.

"Îswff, fy ngwas i," gwenodd Nanu'n ddiddannedd. Roedd hi'n edrych braidd yn frawychus. "Mae Nanu fan hyn yn trio rhoi gwersi pwysig i dy chwaer am sut i fod yn wraig. Bydd yn dawel!" brathodd a throi ei sylw yn ôl at Affa. Aeth Amma, fel rhyw lofrudd tawel, yn ôl i'r gegin i lenwi'r tegell, gan fy ngadael i wylio'r frwydr yn parhau rhwng y neidr wenwynig a'r fadfall-ddraig.

"A pham, fy merch annwyl i," meddai Nanu, ond doedd y gair 'annwyl' ddim yn golygu hynny y tro hwn, "pam yn y byd fod dy wallt di'n goch llachar? Pa *shaytaan* ddywedodd fod hynny'n syniad da? Ofna Dduw a gorchuddia dy ben efo dy — AROS FUNUD!" Rhewodd Nanu a chulhau ei llygaid craff.

O NA! Sylwodd Affa hefyd a chamu yn ôl. Sleifiais i estyn siswrn Nanu oddi ar y bwrdd (iechyd a diogelwch yn gyntaf – sef iechyd a diogelwch Affa'n fwy na dim). Doedd gen i ddim dewis arall ond syrthio i'r llawr ac esgus fy mod i wedi marw. Dyma fyddai'r unig ffordd.

Byddai hyn yn brifo.

Ar eich marciau. Nac ydw.

Barod? Nac ydw, yn sicr.

Ewch. **BŴŴŴŴM!!**

"Be ar y —" dechreuodd Affa, gan ruthro tuag ata i.

"ÎÎSWWWWWWWWWWWWFF!"

Diolch byth, trawodd fy mhen ran feddal y soffa.

"Ydy fy ŵyr annwyl i'n dal i anadlu, Tammy?" sgrechiodd Nanu yn wyllt. "Ydy o'n dal i anadlu?!" Poerodd Nanu ei *gwa* o'i cheg, gan dasgu slwtsh coch drosta i. AM AFIACH! "Gad i fi drio'i achub o drwy anadlu i mewn i'w geg! Dyna'r unig ffordd!"

"NAAAAAAAAAAA — sori, AWWWWWWWW."

O diar. Esgus dy fod ti'n farw, Yusuf. Esgus dy fod ti'n FARW.

"Yusuf," meddai Affa, gan fwytho 'nhalcen. "Ti'n iawn?"

Diolch byth! Roedden nhw'n dal i gredu.

"Dwi..." Am syniad gwych oedd hwn! Dyma fi'n peswch yn ddramatig i greu mwy o effaith, ond roedd yn rhaid i fi roi'r gorau iddi, rhag i fy ysgyfaint ffrwydro. "Dwi..." Gafaelais yn dynn yn fy mrest. Roedd hi'n bryd mynd â phethau i'r lefel nesaf. "Dwi'n meddwl..."

"Dweud be sydd ar dy feddwl di, Îswff!" llefodd Nanu. "Paid â bod ofn!"

DYMA NI'N MYND.

"Dwi'n meddwl fy mod i angen," dechreuais i'n wan. "Dwi'n meddwl fy mod i angen siocled ysblennydd."

Rhewodd Affa. "Be?"

"Dos i nôl siocled i'r hogyn, Tammy!" sgrechiodd Nanu. "Brysia, neno'r tad!" Rhwygodd Nanu focs o siocledi ar agor a thaflu'r Ferrero Rochers at Affa fel bwledi. "Bwyda fo'n gyflym! Mi wneith y llefrith les."

"Nanu, roedd y bocs yna'n un drud ofnadwy!" Ceisiodd Affa achub gweddill y bocs, ond doedd dim tycio ar Nanu.

"Ti'n poeni mwy am arian nag am iechyd dy frawd?" Dwi'n credu ein bod ni i gyd yn gwybod yr ateb i'r cwestiwn yna.

"DYDY'R RHAIN," meddai Affa wrth grensian ei dannedd, "ddim yn iach!"

"Os hynny, pam ein bod ni'n eu rhoi nhw i dy ddarpar

ŵr?" Doedd dim gobaith ennill yn erbyn Nanu.

Ochneidiodd Affa a thaflu'r siocledi ata i. Hwrê!

Dechreuodd Nanu arni eto. "A phaid ti â meddwl nad ydw i wedi sylwi nad wyt ti'n gwisgo dy sgarff. Ar dy ben di mae hi i fod, ddim rownd dy wddw."

O Dduw. Roedd hi'n cofio. A finnau wedi ceisio tynnu'i sylw. O leiaf roedd Affa a Nanu wedi tawelu. Fyddai'r bom ddim yn ffrwydro am y tro.

Doedd Affa'n dal ddim yn fodlon. "Ble yn y rheolau maen nhw'n dweud bod yn rhaid gwisgo sgarff bob awr o'r dydd a'r nos? Dywedwch wrtha i. Os ydy hynny'n wir, mi fyddwn i wedi cael fy ngeni yn ei gwisgo hi!"

Pwy feddyliai y gallai Affa siarad cymaint o synnwyr?

"Nonsens!" dadleuodd Nanu, gan ddadlapio siocled a'i arogli'n amheus. "Mae'n RHAID i briodferch wisgo sgarff – yn y tŷ, tu allan i'r tŷ, bob amser. Ers talwm, mi fydden ni'n gwisgo sgarff o flaen y teledu, rhag ofn i'r dynion ar y sgrin ein gweld ni."

Eisteddais, gan estyn siocled arall. "Y teledu?" Efallai y dylwn i beswch neu byddai'n gwbl amlwg fy mod i'n esgus. Cliriais fy ngwddw'n galed. Gwnâi hynny'r tro. Do'n i ddim eisiau goractio, chwaith.

"Wir i ti." Daliodd Nanu ei siocled at y golau er mwyn craffu arno'n fanylach.

Cymerodd Affa'r siocled, a'i frathu yn ei hanner.

Rhoddodd hi'r darn mwyaf yn ôl i Nanu. "Am hurt," dywedodd hi, rhwng cegeidiau. "Doedd y teledu heb gael ei ddyfeisio bryd hynny."

Wrth i Nanu roi'r belen fechan yn ei cheg, gan gnoi fel camel, ac wrth i Amma ddod i mewn i ddweud bod te'n barod, goleuodd BWLB GOLAU arall yn fy mhen.

HEEEEELÔÔÔÔÔÔÔÔ, CYNLLUN B!

PENNOD UN DEG NAW

"Dwi angen dy help di," meddwn i wrth Aadam, gan gau drws fy stafell yn dynn.

Roedd Aadam a Khala (sef ei fam, a fy modryb i) wedi cyrraedd mewn dillad smart. Roedd Amma a Khala wedi ein gorfodi i edrych yr un fath, drwy wisgo'r un *kurtas* lliw hufen dros ein jîns. Roedden ni bron yn edrych yr un oed. Dywedodd Khala ein bod ni'n edrych fel Amitabh Bachchans ifanc, hyd yn oed.

"Be ydy'r cynllun, Batman?" Llamodd Aadam ar y gwely, gan sgubo'r bandejes oddi arno.

"Mae gennyn ni her ANFERTH o'n blaenau ni," esboniais, gan dynnu fflwff oddi ar siocled ro'n i wedi'i gadw a'i basio i Aadam. "Mae gennyn ni 25 munud a 28 eiliad i gael gwared ar yr HOLL sgarffiau yn yr adeilad yma. Pob un wan jac ohonyn nhw."

Tynnodd Aadam y papur aur i ffwrdd a llenwi'i geg â'r siocled. "Dwi ddim yn deall," meddai gan gnoi'n swnllyd. "Sut mae hynny am stopio'r briodas?"

"Wel, mae brodyr ac ewythrod Umar Bhai yn dod yma heddiw, a wneith Affa byth bythoedd ddod i lawr y grisiau heb sgarff."

Agorodd llygaid Aadam led y pen. "Oooooo, dwi'n gweld. Os na fydd hi'n dod i lawr, mi fyddan nhw'n meddwl ei bod hi'n foel."

"Na, mi fyddan nhw'n —"

"Meddwl bod ganddi lygaid yng nghefn ei phen," torrodd Aadam ar draws.

"NAAAAAA —"

"Bod ganddi nadroedd yn ei gwallt?"

"NA! Gwranda, mi fyddan nhw'n meddwl ei bod hi'n ddigywilydd, a ddim yn ddigon da i fod yn wraig," eglurais o'r diwedd.

"Dyna ro'n i am ei ddyfalu nesaf." Weithiau, er ei fod o'n hen ben, mae Aadam yn gallu bod yn dwp.

"Wrth gwrs. Beth bynnag, be ydy dy farn di, Robin?"

Meddyliodd Aadam am y peth am bump eiliad cyfan, cyn neidio ar ei draed. "Hapus i helpu!"

HWRÊ!

"O'r gorau." Edrychais ar fy oriawr ddychmygol. "Mae gennyn ni 23 munud a 47 eiliad i gasglu popeth. Mae yna tua ugain triliwn o sgarffiau mewn miliwn o liwiau gwahanol ym mhob twll a chornel o'r tŷ yma. Mi fydd yn rhaid i ni eu rhoi nhw o dan wely Nanu. Dyna'r lle gorau."

Agorodd Aadam y drws a sbecian allan. "Mae hi yn y gawod," meddwn i. "Roedd hi'n glanhau'r toiled pan welais i hi ddiwethaf."

"Afiach."

"Dwi'n gwybod," nodiais. Roedd amser yn mynd yn brin. "Mae angen i ni fod yn glyfar. Beth am i fi fynd i stafell Affa, ac mi gei di fynd i stafelloedd Amma a Nanu."

Cyn i Aadam allu ateb, clywson ni sŵn traed ar y grisiau. Roedden nhw'n mynd yn uwch ac yn uwch, ac yn dod yn nes ac yn nes. Roedd Affa'n sgipio'n ysgafn, felly dim hi oedd yno. Roedd gan Nanu dair coes araf (gan gynnwys ei ffon gerdded), felly dim hi oedd yno chwaith. Ac roedd traed Amma'n drymach, felly'n BENDANT dim hi oedd yno.

Rhythodd Aadam arna i mewn braw, ei freichiau'n crynu. "Yusuf," sibrydodd. "Mae hi'n gwybod."

Yr eiliad honno, **CHWALODD** Khala drwy'r drws, a hwnnw'n siglo'n wyllt ar ei fachau. A hithau'n gwisgo *sari* ddu a sgarff ddu i gyd-fynd, roedd hi'n edrych yn union fel Angau ei hun, wedi dod i'n dwyn ni'n dau.

"Dwi'n gwybod," mwmiodd yn hyll, a'i breichledi aur yn tincial. Rhybudd oedd hynny. Doedd dim dwywaith amdani.

Dyma ni'n dau'n fferru, yn ofni datgelu dim.

Dechreuodd Khala eto yn arafach fyth. "Dwi'n gwybod yn union beth sydd ei angen ar y ddau fwddrwg yma." Cododd hi fflap ei *sari* a thynnu powlen anferth allan. Ro'n i'n siŵr bod sliper yno yn rhywle.

"Samosas cyw iâr!" meddai hi'n hwyliog.

"SAMOSAS CYW IÂR!" sgrechiodd Aadam a fi efo'n gilydd, gan neidio i fyny ac i lawr a rhoi pawen lawen i'n gilydd.

"Diolch, Khala," dywedais, yn anadlu'n normal bellach.

DIOLCH BYTH! Roedden ni o fewn trwch blewyn i gael ein dal.

"Ti'n seren, Mam!"

"Dwi'n gwybod, *beta*," meddai hi, gan binsio ein bochau a gadael y bowlen i ni wrth iddi wibio o'r stafell. "Dyweda hynny wrth dy dad, wnei di, cariad?"

PENNOD DAU DDEG

Erbyn i ni gladdu ein samosas, dim ond 14 munud oedd ar ôl i gwblhau'r ymgyrch. Diolch i'r drefn, roedd hynny'n ddigon o amser i fynd drwy bob drôr a phob twll a chornel yn y tŷ.

"Mi lwyddon ni!" gwichiodd Aadam, gan syllu ar yr enfys o sgarffiau oedd wedi'u cuddio o dan y gwely.

Roedd stafell Nanu fel bin sbwriel bach. Roedd yno wely bach, wardrob lai fyth, a ffenest lai fyth eto. Yn ogystal â bron i fil o flynyddoedd o fân drugareddau ei bywyd hi. Fy hoff un i oedd ei bocs o gerrig yr arennau. Roedd hi wedi cael eu tynnu nhw oesoedd yn ôl, ac roedd hi'n eu cadw nhw'n ddiogel yn ei drôr. Beth bynnag, roedd hi'n wyrth ein bod ni'n dau'n ffitio yn ei stafell hi. Roedd hi'n fwy o wyrth fyth ein bod ni'n dau'n gallu anadlu dros arogl yr hen beli camffor.

"Bechod na allen ni nofio ynddyn nhw," meddwn i, gan ddychmygu fy hun yn gwneud strôc pilipala yng nghanol y môr o sgarffiau amryliw. "Ti'n siŵr dy fod ti wedi'u cael nhw i —"

DING DONG! DING DING DONG!

"Maen nhw yma MEWN PRYD!" meddai Aadam, gan lamu ar y gwely a chipedrych drwy'r bleind yn y ffenest. "Mae teulu newydd Affa'n deall sut mae clociau'n gweithio!" Oedodd. "Argol, edrycha arnyn nhw i gyd."

Rhedais at y ffenest wrth ei ochr, gan wthio hanner arall y bleind o'r ffordd. Roedd Aadam yn llygad ei le. Roedd yn rhaid i fi rwbio fy llygaid ddwywaith, ond roedd o'n llygad ei le.

Y tu allan i'n tŷ ni, roedd yna Audi, Mercedes, BMW a char glas. "Cŵŵŵŵŵŵl."

"Fi biau'r Audi," meddai Aadam, gan wylio'r bobl yn camu o'r drysau, yn cario basgedi a bagiau o *mitai*.

Byrbrydau bach melys mwyaf blasus y bydysawd. Y *gulab jamuns* coch ydy fy ffefryn i (os gwelwch chi'n dda).

"Fi biau'r un glas." Tasai fy llygaid i ddim yn dweud celwydd, a dwi'n 95% siŵr nad oedden nhw, cyfrais i naw o bobl yn dod o'r car. Roedd hynny bron fel tîm pêl-droed cyfan yn y car clown bach.

"ÎSWWWWWWWWWWWFF!

AAAAAADDAAAAAAAAAAAAMMM!"

llefodd Nanu. "Dewch i lawr yn SYTH BÌN! Mae angen eu cadw nhw'n brysur. Mae dy fam yn dal yn y gawod!"

"Ar y ffordd," gwaeddais yn ôl. Ar ein ffordd, ro'n i bron yn siŵr i fi glywed Affa yn sibrwd fy enw o'r llofft. Stopiodd Aadam yn ei unfan. Roedd o wedi'i chlywed hi hefyd. Roedd yn rhaid i fi ei lusgo ar fy ôl wrth i bilipalas lenwi fy mol. "Tyrd," meddwn i'n uchel, gan esgus peidio â'i chlywed hi.

DING DONG. DING DING DONG.

Roedd rhywbeth yn dweud wrtha i ei bod hi'n rhy hwyr i droi yn ôl erbyn hyn. Gylp. Roedd yn rhaid glynu at y cynllun, a dyna ni. O leiaf taswn i'n mynd i helbul mawr, byddai Aadam hefyd yn ei chanol hi, ac roedd hynny'n fymryn o gysur. Efallai y gallwn i ei feio fo am y cyfan? Na, allwn i byth wneud hynny iddo fo.

"Agora'r drws, Îswff," meddai Nanu, gan ailosod ei sgarff o flaen y drych yn y cyntedd. "Mae Khala'n ffrio'r *pakoras* a'r roliau. Wir Dduw, pam eu bod nhw mor gynnar?"

"Dim ond Duw sy'n gwybod hynny," meddai Aadam, chwarae teg iddo. "Be am i chi ofyn iddo Fo?"

Bron i Nanu daflu ei ffon gerdded aton ni. "Be am i chi agor y drws?!" hisiodd hi.

Felly, wrth i'r aroglau ffrio bendigedig hofran drwy'r cyntedd, daliais fy anadl ac agor y drws ffrynt, gan weddïo y byddai fy nghynllun yn gweithio.

PENNOD DAU DDEG UN

"As-salaamu 'alaikum."

'Bydded i chi heddwch' ydy ystyr hyn, ond dwi'n ei ddweud fel taswn i'n dweud, 'sumai!'

Roedd yn rhaid i fi ddweud hyn wrth bawb oedd yno, felly 24 gwaith i gyd. Er gwaethaf hynny, roedd Nanu'n MYNNU gofyn oeddwn i wedi cofio'i ddweud wrth bawb – hyd yn oed wrth y babis oedd yn cysgu. Roedd pawb oedd yn gallu siarad yn ateb '*wa alaikum as-salaam*' yn ôl, gan gynnwys y dyn olaf, oedd yn gollwng parsel i'n cymdoges Ms Hawys (oedd i ffwrdd ar ei gwyliau).

Gwasgodd y gwesteion i gyd i mewn i'r stafell fyw, gan roi eu tomenni o barseli ac anrhegion i fi. Gan amlaf, byddai hyn fel breuddwyd yn dod yn wir, ond ro'n i'n mynd yn brin o ddwylo, a dim ond hyn a hyn y gallwn i ei gydbwyso ar fy mhen cyn —

CRAAAAASSSHHHHHHHH!

O wel, dim ond y *soy feeta thaal* oedd wedi disgyn. Roedden nhw'n ddi-flas beth bynnag. Byddai pethau wedi gallu bod yn waeth o lawer. Ciciais y bocs o dan y silffoedd esgidiau cyn i neb hyd yn oed sylwi.

Yn y cyntedd, roedd teulu Umar Bhai yn disgleirio o bob lliw dan haul. Ro'n i'n sicr y gallwn i ddod o hyd i sgarff i fyny'r grisiau fyddai'r un lliw â phob un.

Yasin Bhaiyyah oedd yr unig fachgen roeddwn i'n ei nabod. Brawd Umar Bhai oedd o, ac roedd o yn yr ysgol uwchradd. Roedd Bhaiyyah yn sicr yn edrych yn fwy cŵl yn ei *kurta* nag oedden ni. Rhaid ei fod o newydd dorri'i wallt hefyd, oherwydd roedd hwnnw'n edrych yn ffres IAWN.

"Ti newydd roi *salaam* i'r dyn danfon parseli? Jest am ei fod o'n frown, mêt, 'di hynny ddim yn golygu ei fod o'n perthyn drwy waed." Chwarddodd wrth iddo dynnu'r drws ar gau, ac eistedd ar y bocs wrth ochr y mynydd bach o esgidiau oedd wedi ymddangos yn y pum munud diwethaf. "Ti'n dallt?"

"Welais i ddim gwaed." Byddwn i wedi sylwi ar ddyn yn gwaedu, siawns? "Ond roedd o'n gwisgo tyrban, yn doedd?"

"Saff i ti," medda Yasin Bhaiyyah, yn nodio'n ddifrifol. "Saff i ti, boi bach. Ti'n foi iawn. Ti'n foi iawn."

Pwyntiais at y stafell fyw, gan obeithio y byddai'n mynd i'r cyfeiriad hwnnw. Rhaid bod pobl cŵl yn siarad iaith hollol wahanol oherwydd doedd gen i ddim clem beth roedd o'n ei ddweud.

"Pam ei fod o'n dweud 'saff i ti' o hyd?" gofynnais yn slei i Aadam. Doedd dim byd peryglus yn digwydd fan hyn (heblaw eich bod chi'n cyfri Nanu).

Pendronodd Aadam am eiliad. "Dwi'n meddwl ei fod o'n golygu ein bod ni'n saff gan fod y drws wedi cau a bod y perygl wedi mynd. Mi glywais i gi gynnau, dwi'n siŵr. Rhaid ei fod o'n dod ffordd hyn."

"Mae hynny'n gwneud synnwyr," nodiais. Roedd

cŵn yn codi braw mawr ar Aadam. Unwaith, edrychais drwy'r ffenest ffrynt i weld asteroid, yr un siâp yn union ag Aadam, yn gwibio heibio i'n tŷ ni. Erbyn deall, roedd *shih tzu* Ms Hawys, sef Pysen, yn cysgu yn yr ardd.

Fel laser, teimlais i lygaid Nanu arna i cyn i fi eu gweld.

"Dyma Îswff," clywais i Nanu'n dweud wrth ddwy hen ddynes mewn cotiau gweu anferth. "*Ma shaa Allah*, mae o'n hogyn da iawn, wastad yn gofalu am ei Nanu. Yn dwyt ti, fy Îswff bach?"

Dim ond hi allai ddweud enw Duw a dweud celwydd noeth yn syth bìn wedyn. Am beth drwg i'w wneud. Gwenais a nodio cyn troi yn ôl yn sydyn at Aadam. Ond rywsut, ro'n i'n GWYBOD bod Nanu'n dal i syllu arna i gyda'i llygaid bach treiddgar. Gallwn i deimlo'r llygaid arna i.

Efallai fod Nanu eisiau i fi edrych arni. Rhaid mai dyna beth oedd. Roedd pobl yn dal o gwmpas, felly roedden ni'n dal yn saff am y tro. Trois rownd yn ara deg i'w gweld hi'n gwasgu'i gwefusau at ei gilydd ac yn gafael yn dynn yn ei ffon gerdded. O na. Oedd hi newydd glywed fy meddwl i'n gweithio? Oedd hi? Oedd hi'n gallu darllen meddyliau pobl? Amser mynd i banig! YDY HI NEWYDD GLYWED FY MEDDWL I'N GWEITHIO? ROEDD NANU'N GALLU CLYWED MEDDYLIAU POBL!

Cuddiais tu ôl i Aadam oedd yn chwerthin nerth ei ben ac yn ceisio gwneud argraff ar Yasin Bhaiyyah, ond roedd hi'n rhy hwyr. Roedd Nanu'n dod amdana i.

"Îswff!" Gafaelodd yn fy nghlust, gan sibrwd yn wyllt. "Ble mae dy chwaer di? Mi ddylai hi fod yma erbyn hyn!"

"Affa? Yr eiliad yma? Em, dwi ddim yn gwybod ble mae hi..." Roedd hynny'n dweud y gwir, yr holl wir, a dim byd ond y gwir! Peidiwch ag edrych arna i fel yna! Mwmiais yng nghlust Nanu wrth i *thaal* hynod o ysblennydd basio heibio i ni. Roedd hwnnw wedi'i lapio mewn ffoil llachar oedd yn pelydru. O leiaf do'n i ddim yn dweud celwydd am Affa. Ac wedyn daeth y siocled! "Em, Nanu, ga i 'nghlust yn ôl?" Byddai hi'n amhosibl cyrraedd y siocled efo Nanu yn sownd i mi.

Roedd y ddwy ddynes mewn cotiau gweu anferth yn rhythu arnon ni, ac roedd Nanu'n gwybod hynny. Roedd pobl yn ein gwylio ni.

"Edrychwch ar fy *beta* bach annwyl i," meddai Nanu'n uchel. "Mae o'n dal i roi swsys i'w Nanu er ei fod o'n tyfu mor dal."

O NA! Ac ar amrantiad, diflannodd fy holl bwyntiau am fod yn cŵl. Roedd Aadam yn ysgwyd ei ben ac roedd Yasin Bhaiyyah yn piffian chwerthin drwy ei fresys dannedd.

Ond problem bitw oedd honno, oherwydd roedd Nanu'n sydyn wedi gafael yn fy mochau ac yn eu pinsio! AWTSH!

"Dos di i chwilio am dy chwaer cyn i'w phriodas hi droi'n angladd!" hisiodd Nanu, ond gan wenu o hyd ar y gwesteion eraill. "Mae fy Îswff bach i mor ddel," dywedodd hi wedyn ar dop ei llais. "Dos! Paid â dod yn ôl hebddi hi!"

PENNOD DAU DDEG DAU

Yn gelain.

Ro'n i'n gelain.

Neu o leiaf, BYDDWN i'n gelain mewn ychydig funudau ar ôl i Affa neu Nanu gael eu bachau arna i. Do'n i ddim yn siŵr pa un oeddwn i'n ei hofni fwyaf, a do'n i'n sicr ddim yn awyddus i gael yr ateb.

Ro'n i hanner y ffordd i fyny'r grisiau heb unrhyw gynllun wrth gefn o fath yn y byd. Taswn i'n dal i ddringo ac yn dod wyneb yn wyneb ag Affa, byddai hi'n deall mewn amrantiad.

Taswn i'n dychwelyd at Nanu yn waglaw, heb olwg o Affa yn unman, mae'n siŵr y byddai hi'n taflu powdr tsili i fy llygaid ac yn fy nallu.

Tasai Amma'n dod i wybod, byddai hi'n ffrwydro. Yn FFRWYDRO. Fi fyddai'n gorfod codi'r darnau teilchion ar ei hôl hi.

Beth allwn i ei wneud? Ble allwn i guddio, hyd yn oed?

Sut oeddwn i eisiau treulio oriau olaf fy — "ÎSWWWWFF!"

Llamodd fy nghalon i fy ngwddw nes fy mod i'n siglo.

A dyma syrthio'n bendramwnwgl, din dros ben i lawr y grisiau ac yn syth i mewn i'r mynydd o esgidiau wrth y drws ffrynt.

SŴN CLOCH.

Roedd yna sŵn cloch yn fy nghlustiau. Ceisiais godi fy mhen yn ara deg, ond roedd hwnnw mor drwm, syrthiodd yn ôl i'r afon o esgidiau. Ro'n i'n boddi! Roedd yr arogl afiach yn fy mygu! Bron i bwysau a drewdod yr esgidiau fy nhynnu o dan y dŵr. Yn waeth byth, roedd sawdl uchel wedi 'nhrywanu yn fy nghefn, ac roedd hosan ddrewllyd yn fflapian yn fy ngheg. Hwyl fawr, fyd creulon. Dyma ddiwedd Yusuf Ali Khan.

Pan ddeffrais i, gwelais gwningen lwyd, niwlog o fy mlaen. Roedd Amma'n gweiddi ar y gwningen ac roedd Nanu yn ei hysgwyd hi. Yna rhoddodd y gwningen fy sbectols ar fy nhrwyn a throi'n Affa mewn chwinciad.

Do'n i ddim yn edrych ar gwningen wedi'r cyfan. Affa oedd yno. Roedd hi'n gwisgo het a sgarff lwyd.

"Ti'n iawn, Yusuf?" gofynnodd ~~y gwningen~~ Affa.

Edrychais o 'nghwmpas. Roedd miliwn o barau o lygaid yn rhythu arna i. Diar mi, doedd hyn ddim yn arwydd da.

Nodiais yn ara deg, gan daflu o'r ffordd y sawdl uchel binc oedd wedi ceisio fy llofruddio.

"Affa?" gofynnais.

"Ia, 'ngwas i?" Roedd triliwn diferyn o chwys yn llifo i lawr ei hwyneb hi. Roedd hi'n poeni amdana i!

Wrth gwrs ei bod hi'n fy ngharu i!

"Pam wyt ti'n gwisgo het a sgarff drwchus? Mae hi'n ganol haf." Wrth gwrs, roedd Affa'n rhyfedd hefyd. Ond doedd hi ddim mor rhyfedd â hyn, siawns.

Aeth Affa'n stiff i gyd wrth iddi gofio ble'r oedd hi. Dechreuodd ei bochau droi'n binc ac aeth wyneb Amma o 'Yusuf druan' i 'Mi gei di dalu am hyn, Yusuf' – a hynny mewn cwta ddeg eiliad.

Cliriodd Nanu ei gwddw. "Does dim byd i'w weld fan hyn. Dim byd o gwbl." Cododd, gan ddefnyddio'i ffon gerdded i'w helpu. "Îswff bach ddisgynnodd, dyna i gyd. Yndê, *beta*? Ac mae merch fy merch..." meddai hi, gan edrych ar Affa fel tasai hi wedi tyfu pen arall. Pan fydd Nanu'n ofnadwy o flin efo ni, mae hi'n hoffi esgus nad ydy hi'n perthyn mor agos â hynny. "Mae hi'n teimlo ychydig yn anwydog. Pam arall fyddai neb yn lapio'i hun fel yna yng nghanol gwres yr haf?"

Yna sylweddolais. Y cynllun! HWWWWWRÊÊÊÊÊÊ!

Yusuf 1: Affa: 1

PENNOD DAU DDEG TRI

"Yusuf Ali Khan!" hisiodd Amma yn fy nghlust wrth esgus fy helpu ar fy nhraed o'r mynydd esgidiau. "Dos i ddatrys hyn y funud yma, *fwa*, neu mi fydd yna le."

Gwnaeth Amma lygaid milain arna i, cyn fy mhinsio o dan fy mraich (AWTSH!). Trodd rownd a gwenu ar bawb arall. "Hogiau Londoni y dyddiau yma," chwarddodd. Ond dim chwerthiniad go iawn oedd o. Chwerthiniad PERYGLUS oedd hwn – un trydanol.

O diar. Roedd hi ar ei ffordd. Roedd ergyd farwol Amma ar ei ffordd.

Diolch i Dduw, roedd yna lygad-dystion yma. Doedd dim gobaith mul y byddai Amma'n ymosod gefn dydd golau o flaen llond tŷ o bobl. Fyddai hi byth yn gwneud hynny. Beth fyddai pobl yn ei ddweud? Na, dwi'n nabod Amma. Ro'n i'n ddiogel. Am y tro.

Yn do'n i?

"Mi fydd o'n iawn," gwaeddodd Khala o'r gegin. Roedd tincial platiau a sosbenni'n atsain drwy'r cyntedd. OEDD HI HYD YN OED YN GWYBOD BETH OEDD EI CHWAER HI'N GALLU'I WNEUD?!

Trodd pennau pawb y ffordd yna, ar wahân i un Aadam. Roedd o'n rhythu arna i o'r tu ôl i fraich Yasin Bhaiyyah, a thynnodd ei fys yn angheuol ar hyd ei wddw. Yn waeth byth, roedd gweddillion samosa yn sownd yn ei goler. Roedd o wedi bwyta gwledd gyw iâr hebdda i.

"Ti'n gelain," sibrydodd Aadam, gan ysgwyd ei ben. "Ti'n gelain."

Roedd rhywbeth yn awgrymu ei fod o'n iawn.

Trois i weld Amma yn gwthio Affa i fyny'r grisiau. Pranciodd y gwningen anferth o'r golwg wrth i Khala weiddi, "Bwyd yn barod! Dewch, bawb."

Amseru gwael. AMSERU GWAEL! AMSERU GWAEL!

Dechreuodd pawb dyrru tua'r gegin. Aeth yr hen ferched a'r plant mawr yno'n heidiau, gan fy ngadael i ar fy mhen fy hun efo Amma (ynghyd â'r domen anferth o arfau marwol: yr esgidiau). Am unwaith, roedd gan Amma ddigonedd o bethau i'w dewis. Brathais fy ngwefus a gwenu'n lletchwith. Doedd dim siawns y byddwn i'n goroesi hyn. Dim siawns o gwbl.

"Yusuf!" sibrydodd Aadam tu ôl i gefn Amma.

Agorodd llygaid Aadam led y pen a fferrodd. Rhaid mai dyma oedd yr hyn oedd Nanu yn ei alw yn 'Ofn Duw'.

"Addo un peth i fi," meddai, gan sbecian dros ei ysgwydd i weld oedd Amma'n dod, ond roedd hi'n dal yn brysur yn hebrwng pawb yn gwrtais i'r gegin. Cwta eiliadau oedd gennyn ni i ddweud ein ffarwél olaf.

"Unrhyw beth, Aadam. Unrhyw beth." Ro'n i eisiau dweud wrtho mai fo oedd y brawd go iawn ro'n i wastad wedi bod eisiau'i gael. Hebddo fo, fyddai gen i ddim ffrind gorau. Ro'n i eisiau dweud wrtho mai fi a fwytodd y *gulab jamun* olaf yn yr oergell yr haf diwethaf. Ond roedd y geiriau'n sownd yn fy ngwddw.

Gafaelodd Aadam yn dynn yn fy ysgwydd.

"Addo," meddai'n dawel. "Addo na wnei di fy rhoi i yn y cawl," criodd. "Ac addo 'mod i'n cael cadw dy dabled di." Gafaelodd yn dynnach.

"Dwi'n addo, dwi'n addo, dwi'n — Aros funud, BE?"

Ond ar yr union eiliad honno, trodd Amma yn ôl aton ni.

"Wel, roedd hi'n braf dy nabod di," ychwanegodd yn siriol, cyn dilyn Yasin Bhaiyyah.

GYLP.

Cyn i fi allu dianc, pinsiodd Amma fy nghlust yn sydyn, gan fy nal yn yr unfan.

Roedd o ar ei ffordd. ROEDD O AR EI FFORDD! ROEDD DICTER LEFEL PEDWAR AR EI FFORDD! DYMA DDWEUD ETO, LEFEL PEDWAR! UN DYN I LAWR! UN DYN I LAWR!

"Gwranda di arna i y funud yma, Yusuf Ali Khan. Ydy'r gair 'twpsyn' wedi'i sgwennu ar fy nhalcen i?" hisiodd Amma. Am eiliad, yn hytrach nag edrych eto ar y bwlch rhwng sgarff Amma a'i haeliau, dyma wneud yn siŵr nad oedd hi wedi troi yn beithon anferth oedd yn bwyta pobl. Roedd hi'n anodd dweud, yn enwedig wrth iddi ddechrau poeri, a hithau mor ddig.

Arhosodd Amma i ddrws y gegin gau ac yna tynnodd fi 'n agosach. Roedd hi mor agos, gallwn i deimlo ei hanadl araf ar fy moch.

Anghofiwch am bilipalas yn y bol – roedd gen i haid o wenyn yno, ac roedden nhw'n fy mhigo fi 'n fyw y tu mewn.

"Gwranda di'n astud arna i, Yusuf," chwyrnodd Amma. "Os wyt ti eisiau byw, ti am wneud yn union fel dwi'n ei ddweud. Ti'n fy nghlywed i, *fwa*?"

Nodiais yn araf. Roedd ein trwynau bron â chyffwrdd, a cheisiais beidio â chanolbwyntio ar y darn o *bhaji* nionyn oedd yn sownd yn ei dannedd. Roedd llaw Amma yn dal i afael yn fy nghlust, felly gallai unrhyw symudiad sydyn fod yn angheuol.

"Dos di ar dy union i fyny'r grisiau yna, a datrys beth bynnag ti wedi'i wneud. Ti'n deall?"

Heb aros am fy ateb, cipiodd Amma fy mraich a fy llusgo i fyny'r grisiau. Roedden ni'n mynd yn bellach ac yn bellach o ddiogelwch y byd gwâr, ac yn symud yn nes at geg uffern. Ac nid am anadl nionod Amma ro'n i'n sôn.

"Helpwch fi," gwichiais. "Helpwch fi, rywun!"

PENNOD DAU DDEG PEDWAR

Rhythodd Amma arna i a chroesi'i breichiau. Ai fi oedd yn dychmygu'r peth, ynteu oedd hi'n edrych yn union fel racŵn gorffwyll yn llygadu'i brae? Roedden ni yn stafell Nanu ac roedd Affa (oedd wedi colli'i chlustiau a'i chynffon flewog) wedi cau'r drws yn dawel i'n cloi ni i gyd i mewn. Roedden nhw'u dwy yn droseddwyr heb eu hail, yn ceisio gadael dim olion o safle'r drosedd tra oedd yna barti mawr i lawr grisiau. Tasai'r haid o wenyn heb fy mhigo yn fy nghalon gynt, a'i gadael hi i farw, byddai hyn wedi bod mooooooooor cŵl.

"Rho nhw i fi," sgyrnygodd Affa, gan gipio'r lamp oddi ar fwrdd Nanu a'i phwyntio ata i fel gwaywffon. Rhaid bod ei gwallt hi wedi dechrau toddi yn yr het, oherwydd roedd o'n glynu i'w phen hi fel sleim ffres.

Camais yn ôl am wely Nanu, gan deimlo am y flanced rhag ofn y gallwn i ei defnyddio hi fel arf. Tasai'r gwaethaf yn digwydd, gallwn i eu rhwydo nhw, rhedeg, a phoeni am y gweddill yn nes ymlaen.

"Yusuf, gwranda arni," meddai Amma, gan edrych ar y lamp fel tasai honno ar fin ffrwydro. Symudodd rhyngon ni, gan beryglu'i bywyd i ddod yn darian ddynol. Efallai ei bod hi'n fy ngharu i wedi'r cyfan. DANGOSA'R CARIAD YNA, AMMA. DANGOSA FO!

Ond arhoswch eiliad. Oedd hi'n fy ngwarchod i ynteu'n gwarchod Affa? Allwn i ddim ymddiried yn neb.

Yr eiliad honno, **LLAMODD** Affa o fy mlaen, gan chwalu fy mybl diogel. Ro'n i wedi fy nal mewn TRAP rhyngddi hi a'r gwely. Oedd hyd yn oed y GWELY ar ei hochr hi?!

"Be ti'n mynd i'w wneud efo'r lamp yna?" gofynnais. Doedd hon ddim yn adeg i dynnu fy llygaid oddi arni, OND ROEDDWN I WIR ANGEN BLINCIO.

"Dwi'n mynd i'w stwffio hi —"

"Hei, *furi*," rhybuddiodd Amma.

Yn union fel '*fwa*', 'merch' ydy ystyr '*furi*' – a ddim mewn ffordd garedig chwaith.

"Ond AMMMMMMMMMA," dechreuodd Affa, gan swingio'r bwlb golau yn beryglus o agos at fy wyneb.

"*Chup, beti*!" Cododd Amma ei llaw fel cyllell, gan orfodi Affa i gamu yn ôl. "Y rhai gorau yn ein plith ni ydy'r rhai sydd â'r cymeriad gorau, a'r rhai gorau yn eu plith nhw ydy'r rhai —"

"Amma! Mae 'narpar rieni yng nghyfraith i lawr grisiau! Does gennyn ni ddim amser i hyn!"

"Farhana Begum!" meddai Amma'n llym. "Gad i fi ddelio efo hyn."

BOBL BACH Y NEFOEDD! Gadael i Amma ddelio efo hyn? BYTH BYTHOEDD! *YAA RABB*, ACHUBA FI RHAG Y TYWYLLWCH A'M HEBRWNG I'R GOLAU!

Doedd gen i ddim clem beth oedd ystyr hynny, ond byddai Amma'n ei ddweud o hyd pan oedd hi'n sâl. Rywsut, roedd o'n gwella popeth. Efallai y byddai'n helpu yr eiliad hon hefyd.

"AAAAAAAAAAA!" Stampiodd Affa ei thraed a thynnu'r lamp mor galed, llwyddodd i'w chynnau hi.

Arglwydd, ddim dyna ro'n i'n ei olygu.

"Yusuf Ali Khan," brathodd Amma.

Ro'n i'n teimlo'n benysgafn. Ro'n i ar fin chwydu yn y fan a'r lle. Roedd fy nwylo'n crynu ac roedd yn rhaid i fi groesi fy nghoesau'n dynn rhag i ddim byd ddiferu. Paid â chynhyrfu. Paid â chynhyrfu. PAID Â CHYNHYRFU PAID Â CHYNHYRFU PAID Â CHYNHYRFU. Roedd popeth yn iawn. Gallwn i esbonio mai camgymeriad oedd y cyfan. Gallwn i ddweud fy mod i wedi gwneud hyn gan fy mod i'n caru Affa cymaint, a do'n i ddim eisiau iddi adael. Gallwn i ddweud wrthyn nhw mai camgymeriad oedd y cyfan.

"NANU WNAETH! HI WNAETH FY NGORFODI FI!"

Pwy ddywedodd hynny? PWY ddywedodd hynny? PWY AR Y DDAEAR GRON, YN Y GALAETHAU A'R TU HWNT, DDYWEDODD HYNNY? Edrychais o 'nghwmpas. Roedd Affa ac Amma'n syllu'n wag arna i.

"Yusuf, sut wyt ti'n gallu dweud y ffasiwn beth?" gofynnodd Affa, gan daro'r lamp yn glep ar y bwrdd.

O, DIAAAAAAAAAAR.

"Well i ti estyn y sgarffiau yna yn y tair eiliad nesaf," meddai Amma, gan dorri ar ei thraws. Roedden nhw'n gwneud tîm tag erbyn hyn, gan anwybyddu'r ffaith fy mod i wedi colli ac wedi ildio'n barod. Doedd dim dianc i fod. Dim o gwbl.

"Tri..." dechreuodd Amma.

"Ti o fewn trwch blewyn i gael llygad ddu," ychwanegodd Affa.

"Dau..."

Heb gymryd anadl arall, stopiais, syrthio i'r llawr, a thynnu'r dystiolaeth allan o dan wely Nanu.

PENNOD DAU DDEG PUMP

"*Wa alaikum asalaam*," meddai Nanu ac Amma am y pymthegfed tro wrth iddyn nhw chwifio hwyl fawr ar bawb yn y cyntedd. Rhoeson nhw goflaid eto i'r holl oedolion a'r hen bobl, ond roedd pawb yn dal i sefyll yn yr unfan. Doedd neb yn symud at y drws eto.

Roedd Yasin Bhaiyyah, Aadam a thri o'r *bhais* eraill yn eistedd ar y grisiau gwaelod, yn gwylio'u seithfed fideo Ali Official. Ro'n i'n tybio y byddai hi'n ddeuddeg munud a hanner arall tan i neb feddwl am agor y drws ffrynt.

"Mêt, mêt, mêt, naaaa," gwaeddodd Yasin Bhaiyyah wrth i'r lleill chwerthin nerth eu pennau. "'Dydach chi'm yn cael dŵr, hyd yn oed?!' Am dwp!"

"Na, *fam*," meddai'r *bhai* arall, gan chwifio'i freichiau. Roedd ganddo fo lofnod igam-ogam Amma wedi'i siafio ar ochr ei ben. Ro'n i'n dyheu am dynnu llun drosto. "Yr un dwi'n ei licio ydy, 'Dydach chi ddim yn bwyta am fis CYFAN!'"

"Mor ffyni," meddai Aadam. "Saff i ti, mêt."

O diaaaaar, roedd hyd yn oed Aadam yn siarad iaith wahanol erbyn hyn. Roedd hi'n rhy hwyr. Roedd o wedi troi'n fwy cŵl hebdda i.

Roedd Affa a Khala'n sefyll wrth y gegin, yn ymddangos yn ddidaro ac yn chwerthin gyda modryb arall tra o'n i'n sownd tu ôl i reiliau'r grisiau.

"Actia'n normal," meddai Amma wrtha i pan wnaethon ni i gyd frasgamu i lawr y grisiau, fel tasai fy mywyd i heb fod dan fygythiad o gwbl.

Actio'n normal? Sut oeddwn i i fod i actio'n normal a finnau ddim hyd yn oed yn gwybod a fyddwn i'n goroesi'r ychydig oriau nesaf? Allwn i ddim hyd yn oed gofio sut beth oedd bywyd normal. Felly dyma fi'n eistedd ar y grisiau ac yn gweddïo y byddwn i'n toddi i mewn i'r carped er mwyn i bawb anghofio fy mod i mewn helbul.

"Aadam!" sibrydais, gan geisio tynnu'i sylw. Efallai y gallai Aadam helpu i ddatrys hyn. Roedd o'n gwybod sut beth oedd bod yn normal, yn doedd?

"AHAHAHAHAHAHAHAHAHAHA,"

bloeddiodd Aadam, gan slapio'i wyneb fel tsimpansî. "Ia! Saff i ti, mêt."

O'r gorau, efallai ddim.

"*In shaa Allah*, mi fydd popeth yn llwyddiant mawr wythnos nesa," meddai un o'r hen ffosiliau mewn côt weu wrth gnoi *gwa fan*. "Mae hi'n gymaint o fraint cael wyres yng nghyfraith newydd sydd mor ofalgar o'i theulu – a'r un bach yna'n enwedig." Pwyntiodd y *nanu* newydd ata i. "Be wnaiff o hebddi hi?"

Dywedwch hynny eto. BE WNA I HEBDDI HI? Be wneith HI hebdda I, dyna mae hi'n ei olygu! Doedd Affa'n malio dim am neb – yn sicr ddim amdanon ni! Sut goblyn mai hi oedd arwres y stori o hyd? Gawn ni weld am hynny.

"AC mi wnaeth hi bron â thorri lamp ar fy mhen!" Chwipiodd llygaid Nanu i 'nghyfeiriad. Arhoswch eiliad! Beth sydd newydd ddod allan o 'ngheg?

"Ac mae hi wastad yn picio allan i nôl bara gan fod Yusuf wrth ei fodd efo bara," meddai Amma'n gyflym.

Diolch byth! Da iawn am achub y sefyllfa, Amma. (Dyna oedd ei angen rŵan – rhywun i fy achub i!)

Nodiodd Nanu. "Merch mor hyfryd sy'n dilyn Duw. Mae Tammy'n gwneud *chaii* hynod o flasus, wyddoch chi.

Mae hi'n gallu cadw aelwyd, coginio a glanhau, a gwneud *handesh* CWBL BERFFAITH – yn grwn ac yn felys ac yn ysgafn. Mae Duw wir wedi'i bendithio hi, *ma shaa Allah*."

Danteithion melys anhygoel o flasus ydy *handesh* - y ffordd orau o'u bwyta nhw ydy eu dowcio nhw mewn llaeth cynnes a hufen tenau. Dim ond ar achlysuron arbennig y byddwn ni'n eu gwneud nhw.

Edrychais ar Affa mewn braw, a edrychodd ar Nanu, a oedd rŵan yn edrych arna i.

Ar yr union eiliad honno, agorodd rhywun y drws a gadael y nos i mewn.

"Mae'n tywyllu," meddai Khala yn ei llais 'MAE'N BRYD I NI FYND'. "Well i ni ei throi hi. Aadam, gwisga dy esgidiau."

"Ond Maaaammmmm," dechreuodd Aadam, gan godi'i lygaid o'r ffôn symudol.

"Mi ddylen ninnau ei throi hi hefyd," meddai un o'r *nanus* newydd eraill.

Ac mewn amrantiad, gwagiodd yr holl dŷ, gan fy ngadael i, Affa ac Amma ar ein pennau'n hunain.

O Dduw,

Plis cadwa fi'n fyw.

PENNOD DAU DDEG CHWECH

Rhoddodd Amma dair cosb i mi:

Dim tabled na theledu tan fy mod i'n eu haeddu nhw (rhois i goflaid i'r tabled cyn i Amma ei gipio oddi arna i, a hithau'n mynnu bod yn rhaid i fi ddysgu sut i ollwng gafael ar bethau. Byddai hi'n sbel go faith tan i fi weld hwnnw eto.)

Byddwn i'n gorfod golchi holl sgarffiau Affa gyda fy nwylo, gan eu bod nhw'n drewi o gamffor ar ôl treulio dwy awr gyfan yn stafell Nanu (ac oherwydd bod hen samosa wedi hanner ei fwyta yn sownd mewn un, potel o sôs siocled dyfrllyd mewn un arall, a fy hosan ymarfer corff ddrewllyd mewn un arall wedyn. Sut yn y byd gyrhaeddon nhw yno?). Peidiwch â phoeni. Bwytais i'r cyfan. Roedd Nanu wedi fy nysgu i beidio byth â gwastraffu bwyd.

Eisteddais yn fy stafell, yn rhythu ar y bandejes ar fy mraich. Os ydych chi'n pendroni, na, wnaeth Affa ddim torri fy esgyrn i. Wnaeth hi ddim fy helpu i wisgo fy mandejes chwaith. Dyma'r AIL waith iddi beidio â gwneud hynny, a heddiw oedd y diwrnod roedd arna i ei hangen hi fwyaf.

Ar ôl i bawb adael, dechreuodd y drydedd gosb – do'n i heb anghofio, gyda llaw!

Ces i fy ngorfodi gan Amma i wneud hyn:

- brwsio'r llawr
- golchi'r byrddau gyda chadachau gwlyb
- mynd â'r bin allan (HYNOD O AFIACH)
- troi'r clustogau i wynebu'r ffordd iawn
- tacluso'r esgidiau
- cloi'r drws
- codi'r *feeta* oddi ar y llawr, ar ôl i bawb sathru arnyn nhw
- cwyno ychydig (o'r gorau, gwnes i hyn gan fy mod i eisiau cwyno)
- cadw'r holl lestri sych FESUL UN PLÂT AR Y TRO (dim ond Nanu oedd yn gwneud hynny, a dim ond ei rhai hi'i hun fyddai hi'n eu cadw)

A faint gymerodd hi, tybed, i wneud popeth? Sawl mileniwm! Cymerodd hi sawl mileniwm! A'r cyfan allwn i ei wneud bellach oedd eistedd ar fy ngwely, yn rhy flinedig i ysgwyd fy nghoesau. Roedd fy nghefn i'n brifo, roedd fy mysedd i fel crafangau, ac roedd hyd yn oed bysedd fy nhraed wedi cael llond bol. Roedden nhw'n edrych ar y nenfwd yn drist a digalon, fel tasen nhw wedi bod mewn helbul hefyd.

Ac roedd Affa wedi anghofio am Sombi Yusuf. Fyddai dim cyrff marw, dim gwyddonwyr gwyllt a dim claddedigaethau heno. Ddim hyd yn oed fy un i.

Ar ôl i fi orffen gwneud popeth a chropian o'r gegin, diflannodd Affa i fyny'r grisiau heb ddweud diolch, hyd yn oed. Dim gair. Dim byd. Dim yw dim. Distawrwydd llwyr. Dyna chi. Clywsoch chi'n iawn! 'Wyres yng nghyfraith dda' ar fy enaid i. Beth fyddai pobl yn ei ddweud?

Fferrais. Roedd hynny'n swnio'n gyfarwydd.

Roedd y peth yn digwydd o'r diwedd!! Ro'n i'n troi i mewn i Nanu! NAAAAAAAAAAAAAA.

Rhedais at y drych, gan faglu dros rolyn rhydd o fandejes ar y ffordd. A finnau prin yn gallu sefyll ar fy nhraed, trois i wynebu'r anghenfil yn y gwydr. Roedd ei lygaid yn binc, ei gefn yn grwm, a'i aeliau'n flin.

"Na," ailadroddais dro ar ôl tro, gan dynnu wyneb i guddio'r crychau. "All hyn ddim bod yn digwydd. Dwi'n hyll fel pechod. Hyll fel pechod, go wir!"

Edrychais i'n fwy gofalus yn y drych. Oeddwn i'n mynd yn llai? OEDDWN I'N CREBACHU?

Rhedais allan o fy stafell a bron yn glep i mewn i ddrws Affa. Drwy lwc, llwyddais i stopio fy hun jest mewn pryd. A finnau ar fin rhuthro i mewn, clywais leisiau yr ochr arall. Roedden nhw'n chwerthin ac yn sgwrsio ac yn bod yn deulu hebdda i.

Gan wthio fy nghlust yn sownd i'r drws, dyma wrando'n astud.

"– alla i ddim credu 'mod i'n cael ei gwisgo hi o'r diwedd," gwichiodd Affa.

Caeais fy llygaid a dychmygu 'mod i yno. Rhaid bod Affa'n gwisgo'i ffrog, yn chwyrlïo rownd a rownd fel peiriant golchi dillad.

"Alla i ddim credu ei bod hi wedi cymryd mor hir i'w gwneud," meddai Nanu. "Wyth wythnos gyfan! Pan oeddwn i'n ifanc, mi fyddet ti'n gallu talu am un a'i gwisgo hi yr un diwrnod."

"A phan oeddwn innau'n ifanc hefyd. Ydach chi'n cofio, Mam? Mae fy un i yn dal yn yr atig rywle." Rhaid bod Amma wedi eistedd i lawr oherwydd dechreuodd y gwely wichian. "Ti'n edrych yn brydferth iawn, *beti*, yn brydferth iawn."

"Fel oeddwn innau," meddai Nanu. "Ond paid ag edrych yn rhy brydferth, fy merch i, rhag i ti adael gyda phedwar gŵr yn lle un!"

Chwarddodd Affa ac Amma.

"Be wna i heboch chi, Nanu?"

"Na, *beti*," meddai Nanu'n dawel. "Be wnawn ni hebot ti?"

PENNOD DAU DDEG SAITH

"Arnat ti andros o ffafr i fi rŵan," meddwn i wrth Aadam drannoeth.

Roedden ni yn yr ardd gan fod Khala wedi dweud bod angen tipyn o fitamin D arnon ni cyn wythnos nesaf. Roedd yr haul mor llachar, roedden ni'n gallu syrthio fel sêr môr yn ôl ar y gwair ac edrych fel ysbïwyr efo'n sbectols haul a'n harfau. Doedd Aadam ddim yn gwybod hyn eto, ond roedd y cyfan yn rhan o 'nghynllun mawr i ddial.

Cyn hir roedd pethau'n dawel. Yn dawel fel y bedd. Arhosais am y foment iawn i'r adar stopio siarad, i'r gwair lonyddu, ac i aroglau *naan* Amma godi i'n ffroenau a chosi blew ein trwynau.

Bara fflat crwn, mawr ydy *naan*, ond mae o'n ysgafn ac yn fflyffi, a'r blasau gorau ydy *keema* sbeislyd (cig mins) a garlleg melys.

Yna, roedd hi'n bryd.

Anadlais yn ddwfn a pharatoi i beidio ag esgus rhagor.

Roedd hi bron yn amser. Ro'n i'n barod.

Tri...

Dau...

Un!

"WNEST TI FRADYCHU'R COD, FILWR!" sgrechiais, gan lamu ar fy nhraed.

Gwichiodd Aadam a bachu ei bistol. Llithrodd ei sbectols haul o'i frest i lawr ar y gwair.

"WNEST TI FY NGADAEL I FARW!" gwaeddais, gan anelu'r gwn dŵr tuag ato. "WNEST TI OCHRI EFO'R GELYN, Y GWALCH! Ti hyd yn oed yn siarad eu hiaith nhw," poerais. "Ti'n teimlo'n 'saff' rŵan? Wyt ti? Wyt ti?"

Roedd Aadam yn crynu. Roedd patshyn tywyll yng nghanol ei siorts. Oedd o wedi... na, roedd ei wn dŵr o'n gollwng, dyna i gyd. CANOLBWYNTIA, YUSUF, CANOLBWYNTIA!

"Ti wedi camddeall," meddai Aadam, gan ddal yn dynn yn ei bistol. Cododd law i ildio, ond heb ollwng ei arf. "Aros, Yusuf. Mi alla i egluro."

"Tyrd yn dy flaen, 'ta. Eglura," meddwn i, gan edrych i fyw ei lygaid. "Eglura sut gwnest ti fradychu dy ffrind gorau a chuddio tu ôl i'r gelyn. Eglura sut gwnest ti droi cefn ar dy *bhai* dy hun. Eglura! Eglura!"

Dechreuodd o godi. "Mi oeddwn i jest —"

"ARHOSA LLE WYT TI!" gwaeddais, gan afael yn dynn yn y glicied. "Paid â gwneud i fi wneud rhywbeth y bydda i'n ei ddifaru."

"Yusuf, gwranda," meddai'n daer.

"Dwi *yn* gwrando!"

"Dwi ddim yn gwybod be i'w ddweud." Gollyngodd Aadam ei wn ar y gwair.

"Sut fedra i dy drystio di byth eto?" gwaeddais. "Ti

oedd fy ffrind i, i fod!" Roedd fy llais i'n atseinio drwy'r ardd. Roedd Aadam Mahmoud ar fy nhiriogaeth i bellach.

"Yusuf, Yusuf! Edrycha arna i!" Trap oedd hwn. Doedd dim dwywaith amdani.

Roedd dwylo Aadam yn tyrchu i'w bocedi. Oedd ganddo fo arf arall? Fyddai o'n fy llusgo innau i'r llawr hefyd?

"Dwylo lle galla i eu gweld nhw. Rŵan, rŵan, rŵan!" Gwthiais y gwn tuag ato, ond wnaeth o ddim ildio. "Camgymeriad, Aadam. Camgymeriad. Gwna fel dwi'n ei ddweud. Rŵan!"

Ond wnaeth o ddim. Yn hytrach, gwenodd. Roedd Aadam yn asiant dwbl! Doedd dim dwywaith amdani!

"Dyweda helô wrth fy ffrind bach i," meddai, gan dynnu pecyn amheus yr olwg o'i boced.

PENNOD DAU DDEG WYTH

"MAE O'N DOD! MAE O'N DOD!" sgrechiais, gan droi rownd wrth i Aadam anelu'r pecyn i 'nghyfeiriad i. Gan afael yn dynn yn y gwn, rhuthrais i ochr arall yr ardd, gan geisio deifio tu ôl i botiau *khodu* Amma.

"BOM JAFFAAAAAAAAAAAAAAAAA!" gwaeddodd Aadam wrth i **WWWWWWWWWSH** grenâd wibio drwy'r awyr.

"AAAAAAAAAAHHHHHHHHHH!"

Arhoswch eiliad! Beth JAFFA? Ddim...? Na... Ond eto?

Trois yn fy unfan, gan anelu fy mhistol at y bom. Roedd cragen oren anferth yn fflachio dod tuag ata i. Codais fy ngwn yn sydyn a phwyso ar y glicied.

SWWWWWWWWWSH! Ffrwydrodd ffrwd o ddŵr o fy —

CRAAAAAAASSSSSHHHHHHH!

Yn bendramwnwgl, rhuthrais drwy'r potiau a'r planhigion, drwy'r dail a'r rhwydi a'r ffyn bambŵ, ac yna SMAC! Glaniodd y gragen oren yn glep ar fy nhalcen, gan daro fy sbectols i ffwrdd a 'ngwneud i'n chwil.

Ond roedd y planhigion *khudo* yn FYW! Roedden nhw'n fyw, wir yr. YN FYW! Dyma'r crafangau gwyrdd yn cydio yn fy mreichiau, gan ddechrau fy moddi, fel taswn i mewn mwd. Ceisiais ddianc, ond roedd y planhigion yn rhy gryf. Roedd dail anferth yn cripian dros fy wyneb, yn ceisio fy mygu! Roedd *khudos* bach Amma yn trio'u gorau glas i fy mygu i! Yn sydyn, doedden nhw ddim yn edrych mor ddiniwed wedi'r cyfan!

"Fy mabi fi!" sgrechiodd Amma. Roedd hi'n swnio fel angel o Jannah. Roedd ei llais hi'n atseinio drwy'r awyr, ac yn gwneud i fi deimlo'n gynnes ac yn od.

Ond wnaeth hynny ddim para am hir. Ceisiais gadw fy mhen yn yr awyr a brwydro am aer. Os na fyddai Amma'n cyrraedd cyn hir, byddai hi ar ben.

"Yusuf, naaaaaaaa!" galwodd y bradwr. "Achuba dy hun! Paid â diflannu. Dwi'n dweud eto, PAID Â DIFLANNU."

Ond roedd hi'n rhy anodd. Roedd y dail eisoes wedi clymu'u hunain o amgylch fy nghoesau, gan lapio'u hunain fel nadroedd, ac yn gwrthod gollwng gafael. Roedden nhw'n sownd yn fy wyneb, yn cropian i fyny 'nhrwyn. Ceisiais eu chwythu nhw i ffwrdd, ond ro'n i'n mynd yn wannach ac yn wannach bob eiliad.

"Fy mabi fi. Sut wyt ti, fy mabi fi?"

O'r diwedd, rhyddhaodd Amma'r gweilch gwyrdd a

gallwn i anadlu eto. Dyma hi'n sgubo'r dail o fy wyneb, a gallwn i weld pethau eto.

"Dwi'n iawn," meddwn i, yn anadlu'n drwm. "Dwi'n iawn."

"Ti'n iawn, *baba*?" Roedd ei llais hi'n atseinio drwy'r dryswch. "Mi gest ti dipyn o godwm."

Chwiliais am fy sbectols a'u rhoi nhw yn ôl ar fy wyneb. "*Alhamdullilah*, dwi'n iawn, Amma. Dwi'n iawn," meddwn i, gan fy llusgo fy hun ar fy nhraed.

Mae Nanu'n fy ngorfodi i ddweud hyn bob tro y bydda i'n dod yn agos at farw, ond yn byw. Mae'n digwydd yn AML pan fydd hi o gwmpas. Mae'n dangos fy mod i'n ddiolchgar fy mod i'n dal i anadlu, ymysg pethau eraill.

Ond yna gwelais i'r GWAED ar fy mhen-glin! Roedd y potyn wedi ymosod arna i! ROEDD O WEDI YMOSOD ARNA I!

"Amma, edrych! Y potyn!"

"SSHH, Yusuf!" brathodd hi wrth i Aadam redeg draw.

"Ti'n iawn, Yusuf?" meddai'n fyr ei wynt, gan fynd ar ei gwrcwd.

"Dwi'n iawn, dwi'n iawn." Craffais ar fy mhen-glin. Ro'n i'n credu 'mod i'n iawn.

"Em, Khala," meddai Aadam, ar ôl troi at Amma, oedd yn sefyll tu ôl i fi, mae'n rhaid. "Ti'n iawn?"

Trois ar fy sawdl i weld Amma'n mwytho'r potyn *khudos* bach, gan annog y planhigyn potel gwyrdd i syrthio i gysgu. "Ti'n iawn, *baba*," sibrydodd hi wrtho. "Ti'n iawn."

Efo'r PLANHIGYN roedd hi wedi bod yn siarad drwy GYDOL YR AMSER.

PENNOD DAU DDEG NAW

"Weithiau dwi'n meddwl mai'r un un ydy ein mamau ni, wir i ti," meddai Aadam, gan bilio Jaffa Cake siâp hanner lleuad o'i flaen. Roedden ni wedi tynnu'r grenâd oren yn ddarnau ar fwrdd y stafell fyw, gan weld bod y canol wedi ffrwydro. Rhaid bod hynny wedi digwydd pan hedfanodd o'n syth i fy mhen. A dyna brofi 'mod i'n galed.

"Mae hi wedi gwneud hyn o'r blaen," meddwn i, gan gnoi darn o shrapnel siocled. Roedd o'n dal i flasu'n HYYYYYYYYFRYD. "Unwaith, mi ddisgynnais i lawr y grisiau a chwalu ewin bawd fy nhroed. Mi achubodd Amma ei phlanhigyn *naga* a fy ngadael i i farw."

"Mae Mam yn gwneud hynny hefyd," meddai Aadam. Roedd o'n llusgo'i ben ôl ar hyd y soffa, i geisio bod yn gyfforddus. "Mae gen i rywbeth arall i ti hefyd."

"OOOOOOOOOOOOOOES?" gwichiais, gan neidio ar fy nhraed a chlapio. Aadam ydy BRENIN y gajets. Mae ei dad o'n prynu POPETH iddo fo. Y cyfan sy'n rhaid iddo'i wneud ydy edrych ar y peth, ac mae o'n siŵr o'i gael. Hedfanodd y Jaffas dros y bwrdd. Bydd yn cŵl, Yusuf. Bydd. Yn. Cŵl. "Sori, cŵl," nodiais, gan fod o ddifrif. Gwell o lawer.

"Oes, edrych." Llamodd oddi ar y soffa (gwastraff amser oedd y llusgo pen ôl yna), ac estyn am ei fag o gornel y stafell.

Bydd. Yn cŵl. BYDD YN CŴL.

Ceisiais esgus nad oedd gen i ddiddordeb. Roedd o wedi fy mradychu i wedi'r cyfan. Byddai'n cymryd mwy nag ychydig o hen Jaffa Cakes a beth bynnag arall i fod yn bartner i fi eto. Yn enwedig ar ôl ddoe.

Trodd Aadam yn ôl rownd.

"AAAAAAAARRRRRRR!"

Roedden ni'n dau wedi gweiddi yr un pryd yn union. Ceisiais fy ngorau glas i beidio â chael pwl o asthma.

Am ryw reswm, roedd trwyn Aadam lai na milimedr o fy un i. Doedd fy nghoesau'n amlwg ddim yn gwrando ar fy ymennydd pan orchmynnais iddyn nhw aros lle roedden nhw. Yn hytrach, dilynodd y bradwyr bach Aadam i'r gornel.

"Wnes i ddim dy glywed di'n codi!" ebychodd Aadam, a'i lygaid yn dychwelyd i'w maint arferol.

"Na finnau!" Ble oedd fy nheclyn anadlu i? Pam nad oeddwn i byth yn ei gario fo efo fi?

"Edrych, Yusuf. Dwi'n gwybod fy mod i wedi gwneud tro gwael efo ti," dechreuodd eto, gan ddechrau agor y bag plastig yn ei law. "Ond wna i byth hynny eto."

Wrth gwrs nad oedd o am allu fy mradychu i eto – do'n i ddim am adael iddo fo fod yn ffrind gorau i fi byth eto. Byddai'n rhaid iddo fo fod yn ail ffrind gorau yn lle hynny. Byddai *khudos* bach Amma yn ffrind gorau gwell na fo.

Edrychodd Aadam i lawr a dechrau siarad eto. "Dwi'n gwybod —"

"TI'N RHOI DY SET SIARAD SPIDERMAN I FI! Y WEBBED-MASTERS PLATINUM PRO 3000!" sgrechiais, gan fachu'r teclynnau llachar o'i ddwylo. "Byth bythoedd! Ti'n dweud celwydd. Ti'n dweud celwydd!"

"Dal dy ddŵr," meddai Aadam, gan gymryd y set siarad yn ôl a gafael yn dynn yn y teclynnau. "Dwi'n gadael i ti edrych arnyn nhw. Dyna fy anrheg i – gadael i ti eu GWELD nhw'n iawn."

"Ooooooo, iawn." Gwyliais i Aadam yn eu rhoi nhw'n ofalus ar y bwrdd. Roedd pawb yn yr ysgol wedi bod yn siarad am y Platinum 3000, y fersiwn arbennig, brin, ond roedden nhw i gyd wedi cael eu gwerthu ar y diwrnod cyntaf, ac yn costio llawer mwy na faint o arian oedd gen i yn fy nghadw-mi-gei i fyny'r grisiau.

Meddyliais am y peth am eiliad. "Ti'n dal eisiau bod yn fy stori i?"

Gwenodd Aadam yn nerfus.

"Eisiau bod yn rhan o'r stori fel y partner gorau yn hanes y byd?"

Lledodd gwên fel giât ar hyd ei wyneb.

"Wel, Asiant Mahmoud, mae gen i gynllun," meddwn i.

HELÔ, MOMENT
BWLB GOLAU #3!

PENNOD TRI DEG

"O'r gorau, gad i ni drafod hyn eto," meddwn i, gan gasglu'r holl Jaffa Cakes at ei gilydd a gwneud y darn o bapur oedd ar y bwrdd yn fflat. "Fi ydy'r darn yma." Pwyntiais at ddarn o Jaffa Cake ro'n i wedi hanner ei fwyta a'i wthio i'r gornel. "A ti ydy'r darn yma." Pasiais ddarn arall oedd wedi torri i Aadam, a'i roi yn y gornel gyferbyn. "A'r un ANFERTH yma ydy Affa." Rhois i'r unig Jaffa Cake oedd yn dal mewn un darn yn y canol. "Ti'n gwrando?"

"Ydw tad." Roedd wyneb Aadam yn dangos ei fod o'n canolbwyntio. Roedd hynny'n amlwg, gan fod ei aeliau a'i lygaid o bron yn sownd i'w gilydd.

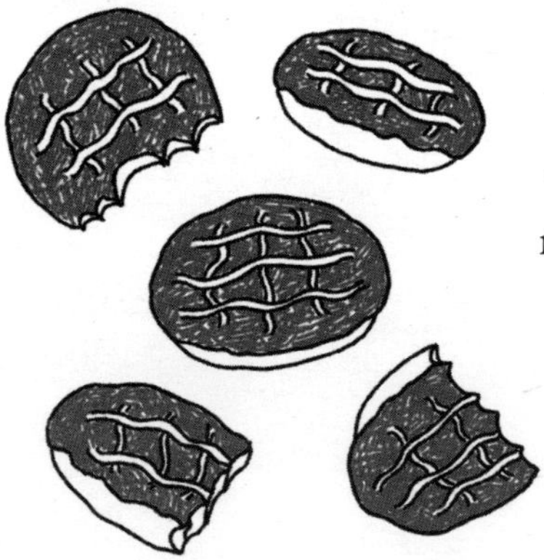

"O'r gorau. Mae'n ddigon syml. Mae gennyn ni'n dau set siarad bob un, felly mi allwn ni fod yn ysbïwyr gwych. Os bydd angen i ni gysylltu â'n gilydd, DIM OND drwy'r setiau siarad gawn ni wneud hynny.

Allwn ni ddim gadael i'r gelyn (sef Amma, Nanu a Khala) sbwylio hyn. Ti'n fy nghlywed i, filwr?"

"Iawn... sori, syr, ydw, syr!" meddai Aadam, gan dorsythu. Rhoddodd ei fysedd wrth ei dalcen i saliwtio. "Neges wedi'i derbyn! Syr!"

Edrychais i weld a oedd y llwybr yn glir. Yna, ar ôl clirio fy ngwddw, dechreuais i siarad:

"Am 17:55 ar ei ben, byddi di'n mynd i dy le tu ôl i'r soffa wrth y ffenest, filwr. Mi fydda i'n mynd tu ôl i'r un yma." Nodiais at y soffa tu ôl i ni. "Yna, mi wnawn ni aros tan y bydd Affa yn dod i gael ei hegwyl Instagram hi am chwech o'r gloch. Mi guddiwn ni tan na fydd hi'n amau dim, cyn llamu! Mi wna i fachu ei choesau hi, a bacha dithau ei phen hi – mae o'n weddol drwm, felly gan bwyll."

"Be am ei breichiau hi?"

"O ia." Roedd Aadam yn feistr ar sicrhau bod cynlluniau'n gadarn. "Bacha di ei breichiau hi efo dy draed. Ac yna, mi wnawn ni fynd â hi allan —"

"A'i rhoi hi yn y bin!" gorffennodd Aadam. Dyma fo'n esgus slam-dyncio pêl fasged, cyn bloeddio. "Wyyyyyyp, Wyyyyyyp!"

"Yn union," gwenais i, gan nodio fel ysbïwr go iawn (chwythu fy ngwefusau a gwneud llygaid main).

"Ond mae yna un broblem." Sbeciodd Aadam drwy'r

llenni i ofalu nad oedd neb yn dod.

"Mae Affa'n codi ofn arnon ni."

"Gwir, gwir." Dechreuais sglaffio'r Jaffa Cake, yr un oedd yn chwarae fy nghymeriad i, a phendroni'n galed.

"Wn i!" Neidiodd gwallt pigog Aadam i'r awyr wrth iddo lamu ar ei draed. "Mi allwn ni fynd i ymchwilio, a dod o hyd i gynllun. Beth am i fi chwilio i fyny'r grisiau, a thithau i chwilio i lawr grisiau? Mi wna i chwilio am gliwiau i fyny fanno, a chwilia dithau am gliwiau lawr fan hyn."

"O'r gorau." Doedd hwn ddim yn syniad gwael. Dyma'r syniad gorau i ni'i gael hyd yma (yr unig un).

"Mi wna i fynd â'r ddwy set siarad, i'w cadw nhw'n saff. Ar ôl i ni ddod o hyd i gynllun, mi allwn ni'u defnyddio nhw." Ac ar hynny, rhoddodd Aadam y Webbed-Masters yn ei fag plastig.

"Felly dy gynllun di ydy chwilio am gynllun?" Edrychais arno'n amheus. Do'n i ddim yn credu bod cynlluniau'n gweithio fel yna.

"Ti wedi taro'r hoelen ar ei phen, Asiant Khan," meddai, gan daflu'r Jaffa Affa ANFERTH i'w geg. "Yr hoelen ar ei phen." Aeth Aadam din dros ben ar hyd y llawr, troi ei fysedd yn wn, a chwythu arno. "Wela i di yr ochr arall, filwr. Wela i di yr ochr arall."

Fel mellten, diflannodd drwy'r drws, gan fynd â'i setiau siarad efo fo.

PENNOD TRI DEG UN

Yn y stafell fyw, es yn ôl i fod yn Batboy, a chwilota drwy'r holl ymchwil a wnes i oesoedd yn ôl. Doedd dim dewis gen i ond cropian ar hyd y llawr, felly edrychais o dan yr holl glustogau, tu ôl i'r soffa, wrth ochr y teledu, rhwng coesau pethau, ac yn nroriau'r bwrdd bach.

Dyma wnes i ei ffeindio:

- Chwe phelen lwch flewog yn edrych fel pryfed wedi'u stwffio

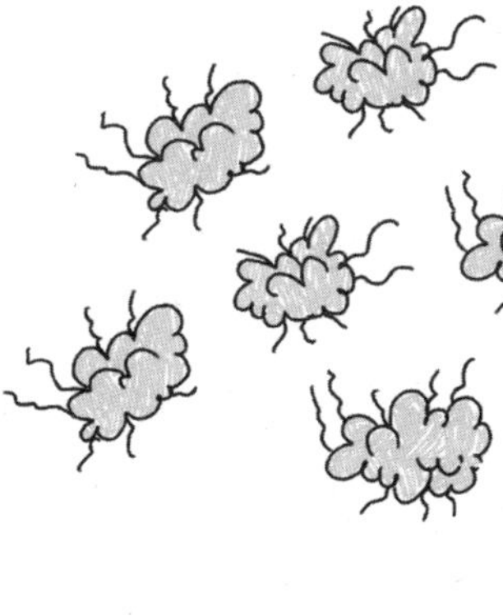

• Clip papur oedd wedi'i blygu yn driongl

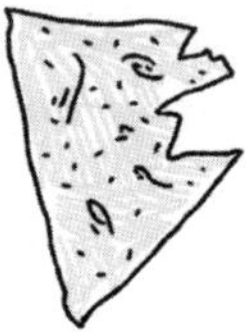

• Darn bach o greision caws a nionyn oedd yn blasu fel rhywbeth wedi llwydo (ych a fi)

• Cneuen – wnes i ddim trafferthu bwyta honno

• Cen hen bysgodyn

Craffais yn ofalus ar y dystiolaeth. Rhaid bod cliw yno yn rhywle. Tasai Aadam yn dal yma, byddai'n gwybod beth i'w wneud. Mae'n siŵr ei fod o wedi dod o hyd i filiwn o gliwiau i fyny'r grisiau'n barod.

'AHA! Dyma fo!' Tynnais arf metel allan oedd yn sownd rhwng y seddi. Snapiodd hwnnw fel crocodeil. Roedd o'n edrych fel cyfuniad brawychus o siswrn a dannedd. Darllenais y sgrifen fân ar yr handlen yn araf, gan sibrwd y geiriau: "iLASH – yn torri ers 2016". Trois yr arf arian yn fy mysedd eto. Roedd mwy o sgrifen fân ar ymyl y bysedd siswrn: "Diawl o declyn defnyddiol".

"*O SHUNA MAI-GO*!" Allai hyn fod yn wir? Dyma beth roedd Affa wedi bod yn ei guddio drwy'r adeg. Doedd dim dwywaith amdani. ROEDDWN I, YUSUF ALI KHAN Y CYNTAF A'R OLAF, wedi datrys y peth: ROEDD AFFA YN LLOFRUDD PROFFESIYNOL. ROEDD HI'N LLOFRUDD PROFFESIYNOL GO IAWN. A'r peth gwaethaf oedd ei bod hi'n gweithio gyda'r diafol ei hun. OOOOOOOOOOOOO! Byddai Nanu'n mynd yn LLOERIG. Ro'n i ar bigau'r drain i ddweud wrthi!

Roedd popeth yn gwneud synnwyr bellach. Ei gwallt coch hi, ei rheolaeth hi dros bawb, y tro hwnnw y gwnaeth hi bron â fy lladd i efo gwaywffon (ond gan fethu, gan fy mod i'n amlwg yn ormod o HYLC iddi lwyddo). Ac wrth gwrs, roedd hyn yn esbonio pam roedd Nanu'n codi cymaint o ofn arni. Roedd Nanu WASTAD yn darllen ei chadwyn baderau ac yn arogli o gamffor a garlleg. Sut na wnes i sylwi ar hyn o'r blaen? Ers pa mor hir oedd hyn wedi bod yn digwydd? Pryd oedd y tro diwethaf i fi ei gweld hi'n darllen Qur'an? Wrth gwrs, roedd yr ateb o flaen fy llygaid.

Ffroenais yr arf i sicrhau mai hi oedd yn berchen

arno. Roedd o'n sicr yn arogli'n debyg iddi – roedd arogl metel yr angau mor gryf, bron iddo losgi blew fy nhrwyn. Roedd Affa wedi bod yn darnio pobl ers 2016. Erbyn hyn, roedd hi'n arbenigwraig. Pwy fyddai'r nesaf i ddioddef? Fi? Amma? Fi? Nanu? Fi? Pwy oeddwn i'n ei dwyllo? Wrth gwrs mai fi fyddai hwnnw!

Craffais ar y llafn eto. Roedd staen coch ar y top. *YAA RABB*! GWAED! GWAED SYCH! Pwy oedd y diwethaf iddi ei lofruddio? Ers pa mor hir oedd hwnnw wedi marw? A pham oedd hwn ar fy mysedd i? ROEDD O'N FFRES! MAWREDDY MORON, ROEDD O'N FFRES! Ro'n i bellach wedi fy llygru. Ond yna sylwais i arno, yn glir fel grisial – un amrant yn sownd yn y dannedd. Wrth gwrs, hwn roedd hi'n ei ddefnyddio i wasgu llygaid pobl yn slwtsh. Doedd dim dwywaith amdani. Ac roedd pawb gydol yr amser wedi credu bod Affa'n berffaith. Bobl annwyl, roedden nhw mor anghywir.

AAAA! Amrant! Ar fy ngarddwrn i! Amrant go iawn dyn marw! Taflais y llafn ar draws y stafell ac ysgwyd y DNA oddi arna i. "I FFWRDD, I FFWRDD, I FFWRDD!" gwichiais, gan droelli mor gyflym nes i fi lanio'n glep ar y soffa a thaflu'r holl dystiolaeth dros bob man.

Dyna pryd y gwelais i focs sgleiniog nad oedd yno cynt. Edrychodd o arna i, gan fy herio i'w agor, er nad fi oedd biau fo. Roedd fy nghalon yn curo ar ras wrth bendroni. Pa fath o ledrith tywyll oedd hwn? Pa fath o ddrwg fyddwn i'n ei greu drwy ei agor o?

"Agora fi," sibrydodd y blwch. "Agora fiiiiiii." Roedd y llais yn swnio'n gynnes ac yn od, ac yn gartrefol. Sut allwn i ei anwybyddu?

Ac felly, fel taswn i'n sownd mewn breuddwyd, a heb ddewis arall, dyma ddatgloi'r gist fechan gyda chlic.

PENNOD TRI DEG DAU

NEFOEDD Y JAFFA CAKES!

Y tu mewn roedd pob math o bethau: gwn llaw y byddai'n hawdd iawn ei guddio, ruban coch i dagu pobl, nodwyddau ac edau i bwytho amrannau ar gau ar ôl dwyn y llygaid, ac... ac... ai dyna beth oedd hwn? Pan ddywedodd Affa nad oedd hi eisiau pob Dawud, Mahmood ac Ali yn ei phriodas, doedd hi ddim yn tynnu coes! Dylen ni fod wedi gwrando'n astud arni. Yn hytrach, wnaethon ni ddim byd ond eistedd yn llymeitian *chaii*, gan esgus bod popeth yn iawn.

Ond bellach, ar flaenau fy mysedd, roedd prawf fod Affa'n llofrudd go iawn. Dawud. Mahmood. Ali. Dyna ychydig yn unig o'r enwau roedd hi wedi rhoi llinell drwyddyn nhw – a hynny efo gwaed. Roedd yr inc coch ar y papur yn dweud y cyfan. Do'n i ddim wedi gweld yr un ohonyn nhw ers priodas Rabia Affa yr haf diwethaf. Roedd popeth yn gwneud synnwyr bellach. Roedd Dawud Bhai mor garedig wrtha i hefyd. Dwi'n gweld ei golli fo'n arw. Fydd yr un diwrnod yn mynd heibio heb i fi feddwl amdano fo. Unwaith, rhoddodd o samosa Affa i fi tra oedd hithau'n dweud *salaam* wrth bawb. Wrth gwrs, dylwn i fod wedi gwybod. Roedd y samosa cyw iâr yn ddigon o reswm i ladd rhywun. Arhoswch funud. Beth oedd hwn? Rhestr o bobl i'w lladd: rhestr bersonol Affa o bobl i'w lladd. RHESTR O BOBL I'W LLADD EFO ÔL FY MYSEDD I DROSTI HI!

Taflais y papur ar y llawr. Do'n i byth am gael fy llusgo i'r carchar efo hi. Byth bythoedd! Roedd yn rhaid i fi ddweud wrth rywun. Yr heddlu, Nanu, rhywun! RHYWUN! Roedd yn rhaid i rywun roi stop ar y gorffwylltra yma.

Ro'n i mewn hunllef. Ro'n i'n byw hunllef go iawn. Allai hyn ddim bod yn digwydd. Deffra, Yusuf. Deffra. DEFFRA'R EILIAD YMA!

Anadla, Yusuf. Anadla. Meddylia'n glir. Meddylia'n glir.

Doedd dim dwywaith amdani, roedd llawer mwy nag oedd hi'n ymddangos i'r ymchwiliad hwn gan yr FBI. Tynnais anadl anferth, ddofn (x10) a mynd yn ôl i actio'n gyfrwys. Fyddai Yusuf Ali Khan, yr ysbïwr-dditectif, ddim yn cael ei drechu heb frwydr.

Anadla, Yusuf. Anaaaaaaaaaaaaaaaaaaaaaaaaaaaaaadla. Sbeciais o gwmpas y stafell eto, gan graffu ar bethau Affa. Po fwyaf yr edrychwn i, mwyaf roedd yr holl stafell yn troi'n safle trosedd.

A draw fan yna, yng nghornel y stafell, roedd y peth gwaethaf ohonyn nhw i gyd: roedd sgarff Affa'n hongian ar handlen y drws fel rhyw ysbryd bygythiol. Dylwn i fod wedi dilyn fy ngreddf a dinistrio'r sgarffiau i gyd pan ges i'r cyfle. Roedd hi wedi marcio'i thiriogaeth, ac ro'n i yn nhir y gel—

"Be oedd hwnna?" Clywais sŵn siffrwd tawel. Doedd dim dwywaith amdani. "Pwy sy yna?" galwais yn ddewr, er mai dim ond gwich fechan oedd hi. "Helô?" gwaeddais (neu o leiaf, dwi'n credu i fi weiddi). Ond atebodd neb yn ôl. Neb o gwbl. "Aadam?" Ond roedd Aadam i fod i fyny'r grisiau a do'n i ddim wedi clywed sŵn ei draed eliffant yn dod yn ôl i lawr eto.

Symudais at y drws lle roedd sgarff Affa'n hongian. Dyna ni eto. **SIFFRWD-SIFFRWD-SIFFRWD-SIFFRWD-SIFFRWD.**

Fferrais. A stopiodd y sŵn yn stond hefyd. Oedd o'n fy nilyn i? Pa driciau cyfrwys oedd yn cael eu chwarae fan hyn? Ro'n i ar fy mhen fy hun i fod.

YN DO'N I?

Gan gymryd cam arall ymlaen —

'O NA!" Dihangodd y sgrech o 'ngwefusau cyn i mi allu'i stopio hi. Syrthiais ar fy ngliniau, a'r Jaffa Cake bach yn sownd o dan fy sliper. Rhaid fy mod i wedi'i gwasgu pan oeddwn i'n brysur yn ymchwilio. Roedd y siocled melys wedi tasgu dros y papur lle roedden ni am greu ein cynlluniau mawr. "Mae'n iawn, *baba*. Mae'n iawn.

Mi wna i dy achub di."

Ceisiais bigo'r hyn oedd yn weddill o'r siocled oddi yno, ond wedyn, bu bron i rywbeth ffrwydro tu mewn i mi. Gan wneud fy nghlustiau'n uwchsonig, dyma wrando eto. Er bod fy nghalon i'n ceisio llamu o 'nghorff, gallwn i ei glywed o hyd. Bwytais y Jaffa Cake mewn arswyd llwyr, gan ddod yn agos at gnoi fy mysedd i ffwrdd hefyd. Roedd yr anghenfil siffrwd yn dal yn rhydd, ac yn swnio'n uwch ac yn agosach nag erioed o'r blaen. Roedd o wedi dod yn ôl i ddial, a'r tro yma, fyddai neb yn cael dianc.

GYLP!

PENNOD TRI DEG TRI

Cropiais yn sydyn tu ôl i'r soffa. Roedd trapiau marwolaeth Affa'n trywanu fy nwylo a fy mhen ôl bob gafael, ac amrannau'n glynu yn fy mreichiau fel gelod. Roedd hi ar ben arna i. Os na fyddai'r anghenfil yn fy lladd i, byddai pecyn llofruddio Affa yn siŵr o wneud!

Roedd y siffrwd yn mynd yn uwch ac yn uwch. Roedd o'n swnio fel anghenfil gyda brwshys dannedd yn goesau. Dechreuodd fy nghalon bwnio'n gyflym. Roedd hi'n adlamu i lefydd lle na ddylai hi fyth fod, dwi'n sicr o hynny. Roedd hi'n curo mor swnllyd, byddai *shih tzu* Ms Hawys yn gallu'i chlywed hi o'r cwt ci drws nesaf i'n hysgol.

"Shhhhhhhhhhh! Pam wyt ti'n fy mradychu i?" sibrydais, gan brocio'r man lle dylai fy nghalon fod yn llonydd. "BE YDW I WEDI'I WNEUD I TI?"

Ond stopiodd y siffrwd. Allai o ddim bod yn bell erbyn hyn. Rhaid ei fod o'r ochr arall i'r drws. Es i wysg fy nghefn yn ôl i'r gornel bellaf a chau fy llygaid yn dynn, dynn.

Yr eiliad honno, agorodd y drws.

Gan dynnu fy mhengliniau'n nes, rhois fy mhen yn fy

nwylo. Beth bynnag oedd yno, roedd o'n dod amdana i. Ac yn waeth byth, ro'n i mewn trap.

Daeth y camau brwsh yn nes. Mater o eiliadau fyddai hi tan i'r anghenfil ddod o hyd i mi. Roedd hi ar ben arna i. Ro'n i'n siŵr o hynny.

"Îswff?"

"AAAAAAAAAAAAAAAAAAAA!!"

sgrechiais, gan neidio ar fy nhraed. "Dwi ddim eisiau marw, dwi ddim eisiau marw, dwi ddim eisiau marw, Nanu! Dwi ddim eisiau — Aw!"

Rhoddodd Nanu **WALDIAD** i fi efo'i brwsh llawr.

"Be sydd haru ti, was? Ti'n trio rhoi trawiad i mi?" Saethodd ffrwydrad o sudd *gwa fan* porffor o'i cheg a glanio ar fy ngwefusau.

FFIAIDD! AFIACH! AFIACH! AFIACH!

"O, chi sydd yna." Llwyddais i ddweud hynny er fy mod i'n ceisio llyncu fy nghyfog. Oedd Nanu MEWN GWIRIONEDD yn trio rhoi trawiad i FI? Ond do'n i ddim hanner digon gwirion i ddweud hynny'n uchel, a hithau wedi dod â'i Jedi Master yn gwmni.

"Pwy oeddet ti'n feddwl oedd yno, was? Dy Abbu di?" Roedd hi wedi ymddangos o nunlle, yn brwsio'r llawr yn araf, araf. "Be oeddet ti'n meddwl fyddwn i'n ei wneud? Dy ladd di? Am hogyn gwirion..."

Felly, dim anghenfil o'r gofod oedd yno wedi'r cyfan.

Dyna chi, ro'n i'n gwybod o'r cychwyn nad oedd angen poeni.

Ond yna'n sydyn, dechreuodd Nanu droi'n stiff ac edrychodd hi i fyw fy llygaid. "Îswff," meddai hi'n araf. Disgynnodd ei sgarff oddi ar ei phen heb iddi'i chyffwrdd.

O na, efallai fod yna angenfilod yn ei chorff hi wedi'r cyfan.

"Ti'n mynd i farw," sibrydodd Nanu. "Dwi'n dy rybuddio di. Ti'n mynd i farw."

Es i yn ôl i'r gornel wysg fy nghefn. **GYLP.** Beth oedd yr angenfilod wedi'i wneud i Nanu?

"Mae pob enaid yn wynebu marwolaeth," anadlodd hi. Estynnodd Nanu am ei sgarff eto. "Mae'r Qur'an yn dweud hynny," ychwanegodd yn sionc. "Dos i gael golwg, *hafidh* bach." Ac ar hynny, dechreuodd hi frwsio eto, gan sgubo 'nhraed, fy mreichiau a 'mochau nes i'r gelod a'r arfau lithro oddi arna i.

Pwy oeddwn i'n ei dwyllo? Fyddai anghenfil byth yn ennill mewn brwydr yn erbyn Nanu. Byddai hi'n ei guro â'i ffon gerdded ac yn ei adael yn gelain. Efallai nad oedd golwg felly arni, ond roedd Nanu yn ninja belt du.

"Galwa ar dy Affa a dweud wrthi am dacluso'i bocs crefftau, Îswff." Daliodd Nanu ati i frwsio. "Neu mi wna i ei ffrio hi'n fyw."

"Mi wna i hynny'n syth," meddwn i, gan gasglu'r nodwyddau bach. Bocs crefftau. Cyfrwys iawn. "Ble maen nhw, gyda llaw?" Roedd y tŷ'n amheus o dawel. Efallai eu bod nhw'n cynllunio parti sypréis i fi.

"Yn y gegin, yn coginio," meddai Nanu, gan geisio brwsio 'nhraed eto. "Mae dy chwaer yn gwneud Her y Cyrri Cyflym. Mae'n rhaid i'r wraig berffaith wybod sut i greu rhywbeth blasus mewn chwinciad."

A dyna ni: **DING! DING! DING!**

HELÔÔÔÔÔÔÔÔÔ, MOMENT BWLB GOLAU #4!

PENNOD TRI DEG PEDWAR

Roedd yn rhaid i fi sibrwd yn ofalus rhag i Affa sylwi arna i. "Wedi cyrraedd yn saff," mwmiais i mewn i'r Webbed-Master, a finnau o dan fwrdd y gegin. "Dyma ddweud eto, wedi cyrraedd yn saff. Drosodd."

"Copi." Daeth llais Aadam yn dawel drwy'r seinydd. Trois y sain yn is ac edrych ar y diriogaeth roedden ni wedi sleifio iddi hi. Roedd y ffenest dop yn gilagored (llwybr dianc da). Roedd y powdrau tsili allan (byddai'r tsili'n arf gwych i ysbïwr). Ac roedd ffan y gegin yn troi (yn berffaith i guddio synau radio cudd Aadam a finnau).

Ar ôl i Nanu adael y stafell fyw, eglurais wrth Aadam beth oedd y cynllun newydd. Roedd o wedi llwyddo i fy helpu i'r tir peryglus heb i neb fy ngweld drwy daflu'i hun i lawr y grisiau. Roedd y **THWMP** yn ANFERTH, a hwnnw'n swnio fel tasai'n brifo go iawn. Roedd Aadam yn actor gwych. Pan fyddai o'n crio, bron y byddwn i'n taeru ei fod o'n gwneud hynny go iawn. Roedd Khala yn llygad ei lle; roedd o'n sicr yn Amitabh Bachchan ifanc.

Ro'n i bellach yn syllu ar Affa drwy goesau'r gadair. Rydych chi'n gwybod beth maen nhw'n ei ddweud, cadwch eich ffrindiau'n agos ond eich gelynion yn agosach fyth.

"Na! Amma, dos," meddai Affa wrth roi tro i'r nionod. "Dydy dau gyrri'n ddim byd, a phum munud fydd y llall. Pwy a ŵyr pryd ga i goginio rhywbeth i ti eto? A dwi wedi sgwennu'r rysáit fan hyn." Rhoddodd Affa'r darn bach o bapur yn ei llaw i lawr, ac ymosod ar y sosban gyda'i llwy bren, gan ei sgrwbio fel y byddai hi weithiau'n sgrwbio sedd y toiled ar ôl i dad Aadam ei ddefnyddio. Dim ond pan fyddai'n dechrau llosgi y byddai hi'n gwneud hynny (y cyrri, ddim y toiled).

"Batboy'n derbyn," sibrydodd Aadam eto. "Drosodd." Crynodd y Webbed-Master yn fy nwylo.

"Yn derbyn, Capten Underpants," atebais. "Dos yn dy flaen. Drosodd."

"Yusuf! Spider-*bhai* ydw i rŵan, cofio?" Roedd ei lais yn hisian drwy'r seinydd.

"Sori, Spider-*bhai*." Roedd o wedi dewis gormod o enwau, ac roedd hi'n anodd cofio'r un iawn weithiau. Allwch chi fy meio i? "Be ydy'r 411, bry cop?"

Dyma air ysbïo da am wybodaeth gudd, dwi'n credu. Dwi ddim yn sicr, ond roedd Affa'n arfer ei ddefnyddio o hyd pan oedd hi'n mynd i'r ysgol yn Oes yr Arth a'r Blaidd.

Roedd yn rhaid i fi gadw llygad barcud ar Amma ac Affa wrth iddyn nhw symud o amgylch y gegin. Roedd hwn yn waith peryglus. Dyma dynnu'r cadeiriau'n agosach fyth, i sicrhau nad oedd neb yn gallu gweld fy nhraed. I fod yn hynod o ofalus, ro'n i wedi estyn y sôs coch a'r sôs *sriracha* o dop y bwrdd a'u rhoi nhw ar y sedd, fel na fyddai fy mhen yn dod i'r golwg. Roedd y gwaith ysbïo yma'n anodd iawn.

"Na, *beti*," meddai Amma, gan geisio cipio'r llwy bren oddi arni. Bron iddi roi hergwd i Affa efo'i breichledau mawr. Symudodd Affa o'r ffordd jest mewn pryd. Dewch, FFEIT! FFEIT! FFEIT! "Dos di. Fydd o ddim yn hir eto."

Collodd Amma, fel bob tro (doedd dim ffeit), wrth i Affa ei hel hi allan o'r gegin.

"Mae Hawkeye yma!" Aadam oedd yno'n hisian. Rhaid bod Amma wedi cyrraedd yr ochr arall yn ddiogel. "Gan bwyll, Batboy. Mae dyfodol y byd yn dy ddwylo di. Dim pwysau. Drosodd."

Yusuf Ali Khan, yr uwcharwr a'r ysbïwr anhygoel, galli di wneud hyn. Dyma dy dro di i ddisgleirio.

Cliciodd Affa drwy ei ffôn wrth iddi droi'r llwy ac yna symud o un ochr i'r gegin i'r llall, gan agor yr oergell a'r cypyrddau dro ar ôl tro. Am beth oedd hi'n chwilio?

CANOLBWYNTIA, YUSUF. CANOLBWYNTIA! Sut allwn i gael Affa allan o'r gegin? Roedd hi'n estyn y sbeisys rŵan, ac yn rhoi pinsiad o bob un yn y sosban. Dechreuodd hi gyda'r un melyn ac wedyn yr un coch. Roedd angen i fi feddwl yn chwim. Os oeddwn i'n gwybod un peth am goginio (a do'n i ddim yn gwybod llawer), wel bod sbeisys yn HYNOD O BWYSIG oedd hwnnw.

MEDDYLIA, YUSUF, MEDDYLIA! Roedd hi'n symud cymaint roedd yn rhaid i fi ysbïo rhwng y ddwy botel sôs i osgoi cael fy ngweld. WOOOAAAAAAAA. Am anhygoel! Daeth ffrwydrad bach o stêm o'r sosban ar ôl i Affa dywallt ychydig o ddŵr iddi. Efallai y bydd hi'n difetha'r cyfan ei hun.

Ond roedd rhaid bod yn siŵr. Roedd hi'n rhy hwyr i adael y cyfan i ffawd. Yn sydyn, gafaelodd Affa yn ei ffôn a cherdded at y bwrdd. O na! NA NA NA NA! ROEDD HI'N DOD. Byddai hi'n siŵr o 'ngweld i! DYMA DDWEUD ETO: BYDDAI HI'N SIŴR O 'NGWELD I!

Roedd angen cynllun arna i, ond doedd fy ymennydd i ddim yn troi'n ddigon chwim. Cipiais y ddwy botel sôs oddi ar y gadair a'u dal nhw'n dynn wrth i Affa dynnu'r gadair i eistedd arni. DIOLCH BYTH!

Ond ro'n i'n dal ar dir peryglus. Roedd Affa wedi croesi'i choesau ac roedd bysedd ei thraed lai na chentimedr o fy wyneb. Bobl bach! Yn waeth byth, roedd Affa'n ysgwyd ei thraed hefyd. Roedd ei sliper hi eisoes wedi hedfan i ffwrdd. Os na fyddwn i'n ofalus, byddai'i throed hi'n siŵr o daro fy wyneb, neu'n waeth byth, byddai bysedd ei thraed hi'n cripian i fyny 'nhrwyn i!

Roedd angen cynllun ar y Batman yma. Ro'n i mewn tipyn o dwll ac roedd angen i fi ddianc ohono. Ond sut? Sut?

"Houston," sibrydais i mewn i'r seinydd. "Mae gennyn ni broblem."

"BE —"

Gwaeddodd Aadam mor uchel nes i droed Affa fferru yn y fan a'r lle. Diffoddais y radio ar unwaith a'i roi'n ofalus ar y gadair wrth fy ochr. Gan frathu fy mraich, ceisiais beidio ag anadlu. Un symudiad bach o'i le, a fyddai dim Batboy mwyach. Byddai Affa'n fy ninistrio. Heb os nac oni bai.

Brysia, Yusuf. Meddylia! Meddylia, wir Dduw. MEDDYLIA!

Ac yna, dyma'r peth yn fy nharo (Cynllun B, hynny yw – ddim troed Affa). Dangosodd ymennydd miniog Batman lwybr i fi o'r twll, ac fel mae'n digwydd, roedd yr ateb eisoes yn fy nwylo i.

PENNOD TRI DEG PUMP

Sôs *sriracha*: un peth sydd gan bob teulu brown yn y tŷ. Roedd Rabia Affa hyd yn oed yn ei gario fo yn ei bag hi, efo bagiau bach, bach o halen, fel tasai o'n rhyw fath o sudd hud. Credwch chi fi, dwi wedi'i gweld hi mewn bwytai yn sbecian o'i chwmpas fel tylluan, yn aros tan ei bod hi'n siŵr nad oes neb yn gwylio, ac yna'n tywallt ychydig ar ei chyw iâr a'i sglodion cyn cuddio'r botel yn slei. Roedd o wedi'i hachub hi drwy gydol ei bywyd pryd bynnag na fyddai yna ddigon o flas ar fwyd.

Unwaith, doedd Nanu ddim yn gwisgo'i sbectols, a llwyddodd hi i ddrysu rhwng y sôs a Vicks! Dyna chi, clywsoch chi'n iawn. VICKS! Rwbiodd hi'r sôs dros ei thrwyn i gyd, a hithau'n edrych drwy'r nos fel tasai hi wedi trochi ei thrwyn mewn potyn o henna. Diolch byth bod Nanu wedi'i chreu yn Bangladesh, neu efallai mai dyna fyddai'i diwedd hi.

Heddiw, yr union sôs *sriracha* hwn fyddai fy arf i.

Yn ôl yn y gegin, roedd hi'n anodd osgoi troed Affa gan fod honno'n ysgwyd yn ôl ac ymlaen mor wyllt. Gludais fy hun i'r wal a meddwl yn ddwys.

Taswn i'n gorchuddio troed Affa i gyd efo'r sôs, byddai hi'n ei deimlo. A byddwn innau'n gorfod cynllunio fy angladd. Taswn i'n rhoi sôs ar ewinedd ei thraed hi'n unig, ac yn osgoi cyffwrdd â'r croen, efallai y byddai hi'n credu bod ganddi ychydig o henna arnyn nhw, a fyddai hynny'n dda i ddim. Ond taswn i'n rhoi sôs yn ei sliper, ac yn rowlio'r botel yn ofalus at ochr y bwrdd, efallai na fyddai hi'n amau dim byd.

A dyna wnes i. Estynnais fy llaw'n ofalus, a gadael i 'mysedd gropian ar y llawr, cyn codi sliper Affa'n dawel. Ond yr eiliad honno, ymestynnodd Affa ei choesau a chrafodd ewin hir ei bawd (DYNA CHI, YR EWIN HURT O HIR) flaen fy nhrwyn. AFIACH! Daliais fy anadl a dal y sliper yn dynn yr un pryd.

O'r diwedd, ar ôl hanner oes, ymlaciodd Affa a gostwng ei choesau. Slochiais y glafoer oedd wedi syrthio o 'ngwefus heb i fi sylwi, rhoi ochenaid dawel o ryddhad, a philio fy mhen oddi wrth y wal.

O'r gorau, dyma'r foment fawr: fel ninja, dadsgriwiais gaead y sôs a mynd ati'n gyfrwys i dywallt yr hylif tsili i mewn i'r sliper unig. Ar ôl gwagio'r holl botel i wneud yn siŵr, dyma guddio'r dystiolaeth yn dawel.

Y cyfan oedd i'w wneud bellach oedd aros.

Ond roedd amser wedi AAAAAAAAAAAARAFU i stop, a chredais efallai fod Affa wedi anghofio ei bod hi'n bodoli. Efallai ei bod hi wedi syrthio i gysgu yng nghanol y coginio, wrth aros i'r sbeisys feddalu. Ond wrth i'r meddyliau hynny lenwi fy ymennydd, neidiodd Affa ar ei thraed a **SLWTS!**

"Be gebyst —," gwichiodd Affa. "EEWWWW! Am afiach! Am ffiaidd!" Dechreuodd hi neidio i fyny ac i lawr, gan estyn am hancesi papur o dop y bwrdd.

Ceisiais doddi i mewn i'r wal am resymau iechyd a diogelwch. Roedd yn rhaid i fi roi fy nwylo dros fy ngheg i rwystro fy hun rhag bloeddio chwerthin hefyd. Roedd hynny'n llaaaaawer iawn mwy anodd nag oedd hi'n ymddangos.

"Yusuf!"

NEFOEDD Y JAFFA CAKES! Sut oedd Affa'n gwybod? Oedd hi wedi 'ngweld i? O na! Na na na. Rhois fy nwylo yn yr awyr i ildio. Roedd hi ar ben arna i. ROEDDWN I AM GAEL FY LLOFRUDDIO. Heb os nac oni bai. Byddai'r gwn a'r ruban yna'n cael eu defnyddio go iawn. A finnau ar fin datgelu 'mod i yno, taflodd Affa ei sliper arall ata i fel gwaywffon isel, gan fy nharo yn glep ar fy moch.

BE GEBYST?

Doedd Affa erioed, erioed, erioed drwy'i bywyd wedi taflu dim byd ata i, heb sôn am sliper. Beth fyddai nesaf? Dŵr berwedig o'r tegell? Y sosban llawn nionod? Powdr tsili?

"Pam nad ydy o byth yn rhoi dim byd yn y lle iawn?" chwyrnodd hi.

DALIWCH EICH DŴR AM FUNUD FACH DDREWLLYD. Dwi wastad yn rhoi pethau yn y lle... – ond arhoswch, arhoswch, arhoswch. Pam oedd hi'n siarad efo fi fel taswn i ddim yno? Oedd hi hyd yn oed yn sylweddoli 'mod i o dan y bwrdd? Oedd hi hyd yn oed yn gwybod fy mod i'n fyw yma?

Rhois fy mhen allan o dan y bwrdd a sbecian, gan osgoi holl lanast y sôs. Gwelais Affa'n hopian yn herciog allan o'r gegin.

PENNOD TRI DEG CHWECH

Yn ôl fy oriawr anweledig i, roedd gen i, ar y mwyaf, wyth munud a 23 eiliad i gwblhau'r ymgyrch, felly doedd dim chwinciad i'w wastraffu. Roedd yn rhaid meddwl yn chwim. Y tro diwethaf i hyn ddigwydd, ar ddamwain, llwyddais greu *chaii* gorau'r byd, a daeth Affa'n arwres mewn cwta saith munud a hanner. Y tro hwn, fyddai hi ddim mor lwcus. Ddim tasai gen i lais yn y peth.

Bachais y creon magnetig oedd yn sownd i'r oergell, a chipio'r darn bach o bapur efo'r rysáit wedi'i sgwennu arno.

Dyma beth roedd o'n ei ddweud:
pump ewin o arlleg wedi'u gwasgu
hanner nionyn mawr
dwy lwy de o halen
pedwar darn o bysgodyn *hutki*
pump pen pysgodyn
tair tysen wedi'u torri
powdr tsili, tyrmerig a choriander
dau gwpanaid o ddŵr
pedwar tsili gwyrdd

Pump ewin o arlleg wedi'u gwasgu. Tybed... beth taswn i'n ei newid yn 10? Byddai hynny'n rhy amlwg. Roedd yn rhaid i fi fod yn glyfrach na hynny.

Brathais eto ar y creon a meddwl yn ddwys. Beth fyddai'n fwy realistig? Mae Affa'n rhoi garlleg ym mhopeth – yn ei chyrris, yn ei bwydydd bach, yn ei sanau. Rhywbeth oedd yn edrych yn debyg i arlleg fyddai'n ei thwyllo hi. Ond beth?

Dyma chwilota'n sydyn drwy'r gegin. Aha! Yr afal. Fel lindys llwglyd, anferth, dyma fi 'n sglaffio a sglaffio, gan boeri pump darn bach o afal allan. Piliais y croen yn sydyn gyda fy nannedd, a rhoi fy narnau ffug o arlleg ar y bwrdd. Allai'r cynllun ddim methu.

O'r gorau, nesaf: hanner nionyn mawr. Gallwn i estyn llwyaid o hufen iâ. Na, byddai hynny'n ei wneud o'n fwy blasus. Dim hogyn bach neis ydw i rŵan. Edrychais ar y cloc ar y popty. Chwe munud a 32 eiliad! OND I BLE ROEDD AMSER WEDI MYND? Meddylia'n gynt, meddylia'n gynt.

Y bêl griced! Wrth gwrs! Pam na feddyliais i am hynny o'r blaen? Sgwennais i'r geiriau i lawr yn sydyn.

Nesaf: yn lle dwy lwy de o halen, dwy lwy de o flawd. Syml.

Roedd y darnau *hutki* a'r pennau pysgod yn ddigon afiach fel roedden nhw. Gwell gadael y rheini. Rhois nodyn defnyddiol arall ar yr ochr: cadwch beli'r llygaid a'u berwi tan y byddan nhw'n ffrwydro.

Troi tair 'tysen' yn dair 'bricsen' wedi'u torri – y cyfan oedd angen ei wneud oedd newid y llythrennau 'ty' yn 'bric'.

Roedd hyn yn haws o lawer nag a feddyliais i. Dau gwpanaid o ddŵr toiled – i'r dim.

Y tsilis, y tsilis...

Deifiais i'r cwpwrdd, gan chwilio am y peth tebyg gorau. Es i drwy'r jariau, y pys melyn, y peli pupur, y blawd reis a'r elasis (do'n i'n sicr ddim am wneud y camgymeriad hwnnw eto). Dyma ni! Tsilis ysbryd Affricanaidd! Mae yna tsilis ysbryd Affricanaidd yma! Rhaid bod Affa wedi prynu rhai newydd. Dim ond chwech oedd yno. Allwn i ddim eu defnyddio nhw i gyd. Byddai hynny'n rhy amlwg. A do'n i ddim eisiau i Nanu droi'n ysbryd chwaith. Roedd hi'n ddigon brawychus fel roedd hi.

Bachais y creon a throi '4 tsili gwyrdd' yn '4 tsili ysbryd' gan roi gair o gyngor hefyd: ychwanegwch y rhai cochaf, mwyaf mileinig eu golwg.

Roedd hyn yn berffaith. Yn hollol berffaith. Cei di anghofio am *MasterChef*, Affa. O cei.

Taflais gipolwg sydyn ar y cloc. Roedd gen i ddau funud ac 84 eiliad ar ôl. Ond roedd croen afal ar y llawr, peli pupur dros y bwrdd, a ffrwydrad o bys melyn dros y gegin i gyd. Pryd ddigwyddodd hyn? Yn bwysicach, pwy wnaeth hyn? Wnaeth Aadam sleifio i mewn tra oedd fy nghefn i at y drws?

"Ammaaaaaaaaaaaaa," gwichiodd Affa o'r llofft. "Wnei di gadw golwg ar y cyrri?"

Yn sydyn, fflachiodd y Webbed-Master yn goch llachar ac atgyfodi. "MAE'N DOD!" sgrechiodd Aadam drwy'r seinydd. "MAE HAWKEYE YN DOD! DYMA DDWEUD ETO, MAE HAWKEYE YN DOD! *Inna-lillahi wa inna ilayhi rajioon*!"

Dim ond pan fydd rhywun yn marw y byddwch chi'n dweud hyn, a bod yn onest. Mae'n golygu, 'Rydyn ni'n eiddo i Dduw, ac at Dduw y byddwn ni'n dychwelyd'. Ond dwi ddim yn barod i ddychwelyd rŵan!

"DOS I GUDDIO YR EILIAD YMA," gwichiodd Aadam. "NEU BYDDYN BAROD I FARW!"

PENNOD TRI DEG SAITH

Cipiais y set siarad o'r gadair, cau'r drws gyda chlep, a defnyddio'r un gadair yn union i greu baricêd wrth y drws. Doedd neb am gael dod i mewn. Na mynd allan. Dim gen i, beth bynnag.

"Aadam!" gwaeddais, gan ysgwyd y seinydd. "Dwi angen mwy o amser. Pryna fwy o amser i fi!"

"O'r gorau, syr," meddai'n syth bìn yn ôl. "Gad o i fi."

Taflais y Webbed-Master ar y bwrdd wrth i floedd uchel atseinio drwy'r tŷ. Roedd twrw mawr yn dod o'r llofft, a chrynodd y nenfwd uwch fy mhen.

Beth oedd hwnna? Ai — Na, Yusuf! Canolbwyntia.

Gan gipio'r pot pupur, dyma gasglu'r holl beli bach du y gallwn i eu ffeindio. Ond llwyddodd rhai ohonyn nhw i ddianc a rowlio o amgylch y cypyrddau. Roedd y rhai oedd wedi dianc am ryddid yn edrych fel morgrug anferth yn rhuthro am y drws cefn.

"Dewch 'nôl!" gwaeddais. "Gwrandewch arna i! Dewch 'nôl!" Gwibiais ar eu holau, gan eu rowlio i mewn i'r pot wrth fynd. Carlamodd yr un olaf am y sinc, gan osgoi'r holl rwystrau yn ei ffordd. Llithrodd dros y gyllell, llamu dros y bloc torri, ac anelu am y tap gwlyb.

Rowliodd yn gynt ac yn gynt ac ymhellach ac ymhellach tan... "Aha! Dwi wedi dy ddal di."

Ond llwyddodd i ddianc o 'nwylo fel pelen fowlio chwim.

Arhoswch eiliad. Be gebyst? MORGRUGYN OEDD HWN? Ro'n i wedi bod yn rhedeg ar ôl morgrugyn! Dim syndod ei fod o'n rowlio mor gyflym – roedd y peth bach yn dianc am ei fywyd! Craffais yn y potyn gwydr bach. Diolch byth, dim ond dau bry bach oedd yno. Ysgydwais nhw ar y llawr a gwthio'r pot pupur yn ôl i mewn i'r cwpwrdd.

Nesaf: y pys melyn. Roedd y lle fel maes ffrwydron. Roedd yn rhaid bod yn ofalus. Un camgymeriad bach a byddai'r holl beth yn... Wyddwn i ddim beth fyddai'n digwydd go iawn, ond byddai'n drychineb. Ro'n i 98.7% yn siŵr o hynny.

Bachais y fâs oddi ar y silff ffenest a thynnu'r blodau ohoni, gan eu taflu nhw i'r bin brown. Gan wibio drwy'r gegin fel gwrach ar ei hysgub, taflais bob pysen felen yn ôl i mewn tan nad oedd dim un ar ôl yn unlle.

"Gwaith da, Bat—" O na! Y croen afal. Deifiais amdanyn nhw wrth i handlen y drws ysgwyd. Roedd rhywun yr ochr arall yn ceisio dod i mewn. Brysia, brysia, brysia. Cipiais y croen wrth i'r gadair oedd yn dal y drws hedfan drwy'r gegin.

Aeth darn o groen afal yn sownd dan fy nhroed a ches fy nhaflu fel awyren i'r awyr.

"NAAAAAAAAAAAAAAAAAAAAAAAAAAAA!"

Hedfanodd y croen tua'r nenfwd, a gafaelais innau am fy mywyd yn nrws y cwpwrdd. Llithrodd fy llaw a rhwygo drwy baced papur, gan wneud i'r blawd reis ffrwydro fel lafa poeth a disgyn yn gawod am fy mhen.

SLAP!

Roedd y darn o groen afal wedi syrthio yn ôl i'r Ddaear, gan lanio ar fy nhrwyn.

"AAAAAAAAAAAAAAAAAAAAA, YSBRYD!" gwichiodd Aadam, gan bwyntio bys bygythiol. Roedd ei drwyn o'n gwaedu ac roedd ei lygad o wedi chwyddo. "Does dim Duw ond Allah, does dim Duw ond Allah!"

"BE? Ble mae'r *booth*?

Rydych chi yn llygad eich lle – ysbryd ydy 'booth'.

Ble mae'r *b*—" Bachais y bowlen fetel, a gweld bod CLOWN ARSWYDUS yn rhythu yn ôl arna i. "O, fi sy yma'r twpsyn," gwaeddais, gan frwsio'r llwch ysbryd oddi arna i.

"O," meddai Aadam, gan sylwi ar ei Webbed-Master ar y bwrdd. "Ro'n i'n gwybod hynny."

"Tyrd! Helpa fi cyn i Amma gyrraedd."

Ond roedd Aadam eisoes wedi troi at y drws, ac yn rhythu mewn braw ar rywbeth tu ôl iddo. "Rhy hwyr," gwichiodd wrth i ben ~~hyll~~ Hawkeye ymddangos.

PENNOD TRI DEG WYTH

"Ac wedyn, Amma," esboniais, wrth fwyta llwyaid arall o reis a *dhaal*, "mi ddisgynnodd y blawd arna i, jest fel yna. Wnes i ddim cyffwrdd ynddo fo, hyd yn oed. Mi hedfanodd o tuag ata i wrth i fi feindio fy musnes, heb i fi wneud dim byd o gwbl o'i le." Sugnais y *dhaal* oddi ar fy mysedd fesul un.

Nodiodd Amma wrth gnoi asgwrn cyw iâr. Roedd Affa a Nanu'n bwyta o amgylch bwrdd y gegin hefyd. Roedd y reis yn stemio ac arogl ffres y cyrris yn cosi fy ffroenau.

Dim ond ni'n pedwar oedd yno erbyn hyn. Roedd Khala wedi dweud bod Aadam wedi cael 'un antur yn ormod' heddiw, a chafodd o'i lusgo adref heb ei Webbed-Masters. Gwnes i gynllun cyfrinachol i chwarae efo nhw yn nes ymlaen, a hyd yn oed i lwgrwobrwyo Nanu efo *gwa fan* er mwyn iddi hithau gael bod yn ysbïwr hefyd.

"Dwi'n gweld," meddai Amma, gan rythu arna i. Rhythu drwydda i'n llwyr, syllu'n syth i mewn i fy enaid nes oedd fy esgyrn yn crynu.

Roedd Affa a Nanu wrthi hefyd. Roedden nhw'n aros i fi siarad, dweud y gwir, egluro popeth, cyfaddef beth ddigwyddodd go iawn. Do'n i byth am wneud hynny. Roedd fy ngwefusau wedi cau, wedi'u cloi'n dynn, ac ro'n i wedi taflu'r goriad i ffwrdd yn barod. Do'n i ddim am ildio rŵan. Ddim mewn miliwn o flynyddoedd, hyd yn oed tasen nhw'n fy arteithio tan —

"FI WNAETH!"

Pwy ddywedodd hynny? PWY DDYWEDODD HYNNY? Pwy ar y ddaear gron, yr haul, y sêr a'r galaethau tu hwnt, ddywedodd hynny?

"Ti wnaeth, Yusuf?" meddai Affa, gan estyn mwy o reis iddi hi'i hun, a'r llwy fetel yn tincial yn erbyn y sosban.

Ddim eto. "Fi wnaeth be?" griddfanais, gan stwffio mynydd o reis i 'ngheg nes byddai'r cyfan yn ffrwydro taswn i'n ceisio siarad yn iawn. "DOIBLOB

BLŴŴŴMBYT HYMMMMBYG SAAAAAAA."

Er gwybodaeth: dydy hyn ddim yn golygu dim byd. Dyna ni. Dylai hynny eu drysu nhw.

"Paid â siarad efo dy geg yn llawn, *baba*." Yfodd Amma ei gwydryn o ddŵr yn araf.

"O'R GORAU, o'r gorau. Ti wedi 'nal i, Arolygydd Amma. Dwi'n cyfaddef. Ond stopia roi pwysau arna i!" Sychais y chwys oddi ar fy nhalcen, ond roedd hwnnw'n teimlo'n fwy gludiog na chynt hyd yn oed, gan i fi ddefnyddio'r llaw anghywir.

Edrychodd Amma, Affa a Nanu i lygaid ei gilydd. Roedden nhw'n cynllwynio'n barod. Ro'n i'n eu nabod nhw'n iawn. Doedd Yusuf Ali Khan ddim yn ffŵl. Byth bythoedd.

A jest fel yna, daeth y gwir, yr holl wir a dim byd ond y gwir allan o 'ngheg mewn un rhaeadr mawr fel cyfog.

"Felly Nanu," gorffennais o'r diwedd, gan lyfu fy nannedd yn lân. "Dim ond ychydig o ddŵr toiled rydach chi'n ei yfed. Mi wnes i'n siŵr mai dim ond dau gwpanaid ddefnyddiodd Affa. Dim mwy a dim llai. Gewch chi ddiolch i fi wedyn." Winciais (neu efallai mai teimlo plwc yn fy llygad wnes i). Webbed-Masters Pro 3000, dwi ar fy ffordd. Ochneidiais yn falch. "Dwi'n falch fy mod i wedi cyfaddef. Mae dweud y gwir heb gael fy nghosbi'n teimlo'n well o lawer. Diolch, *Ammu-jan*. Ti'n seren!"

Cododd Amma ei haeliau a dechreuodd wyneb Nanu grebachu. Roedd stêm (o'i thrwyn? O'r reis? O'r cyrri? O'i chroen blin yr olwg? Duw a ŵyr.) yn cymylu ei sbectols hen ffasiwn.

Ond chwerthin yn uchel wnaeth Affa a phoeri'r pen pysgodyn roedd hi'n ei sugno'n syth allan o'i cheg. Saethodd hwnnw ar draws y bwrdd a glanio gyda phlop ar fy mhlât i. AFIACH.

"Ond hwn ydy'r *hutki* gorau i fi'i gael erioed," dechreuodd Nanu ddweud, gan ysgwyd pysgodyn marw o fy mlaen i. "Ti'n dweud wrtha i 'mod i'n bwyta bwyd sydd wedi'i goginio mewn dŵr toiled?"

"Nac ydw, Nanu. Wnes i ddim dilyn ei rysáit o, wrth reswm pawb. Dwi'n gallu dweud y gwahaniaeth rhwng fy meiro i a chreon, wyddoch chi. A dydy Yusuf ddim yn gallu sillafu chwaith." Rhoddodd Affa chwerthiniad bach diafolaidd, gan estyn am ei phen pysgodyn eto. "Ti eisiau darn?" cynigiodd.

"Mi fasa'n well gen i fwyta fy sanau ymarfer corff drewllyd wedi'u rhwbio yn fy nghesail, diolch."

"Ewwwww," gwingodd hi wrth gnoi socedi'r llygaid. "Am ffiaidd."

Felly fi ydy'r un ffiaidd. Llyfodd hi ei bysedd a chodi, gan fy nhynnu at y sinc efo hi. "Ti sy'n edrych yn wirion, beth bynnag, Asiant Khan," sibrydodd hi, gan rwbio 'nhalcen mor galed nes fy mod i'n chwil. "Y cyrri mae Nanu'n ei hoffi?" Sbeciodd i wneud yn siŵr nad oedd neb yn gwylio. "Tecawê ydy o. Rabia Affa wnaeth o."

Be gebyst? Roedd gan Affa gynllwyn o'r cychwyn.

Lledodd gwên fel giât ar hyd ei hwyneb. "Mi wnaeth hi sleifio drwy'r ardd gefn hanner awr yn ôl. Dwi angen diolch i ti am wneud cymaint o dwrw."

O, beeeeeeeeeeeeeeeeeeeeeth? Ddim eto!

Affa 2: Yusuf 1.

PENNOD TRI DEG NAW

"Deffra, Yusuf! DEFFRA!"

Roedd rhywun yn curo ar y drws a'r ddaear gron yn crynu.

"Beeeee? Pwy sy 'na?" Tynnais y dillad gwely dros fy mhen a chreu brechdan rhwng y clustogau. "Hmmmmmm, braaaaaaaaaaf." Roedd hi'n dal fel bol buwch. Hunllef ydy hi. Breuddwyd gas. Chwythais ar fy ysgwydd chwith a rowlio i'r ochr dde. "Hmmmmmmmm, braaaaaaaaaaaaaaaaf."

"Yusuf Ali Khan!" gwaeddodd Affa, gan wthio'r drws ar agor nes bod y golau'n llenwi'r stafell fel mellten. "Mae'n bryd i ti godi o dy wely, was. Rydan ni'n mynd i siopa." Taflodd hi'r dillad gwely ar y llawr a bachu fy ngwasg, gan fy nhynnu allan o'r ffau.

"Na, Affa. NAAAAAAAAAA!" Plannais fy ewinedd yn y fatres, gan grafangu am fy mywyd. "Hunllef ydy hi. Dim ond hunllef! *Audhubillah, audhubillah.*" Caeais fy llygaid er mwyn i'r cyfan ddiflannu.

Mae Affa'n dweud wrtha i am ddweud hyn pan fydd rhywbeth yn fy nychryn.

Mae'n siŵr nad ydy hi'n gwybod fy mod i'n ei ddefnyddio'n bennaf o'i herwydd hi.

"Rho'r gorau iddi!" meddai Affa, gan fy nhynnu'n galetach. Pam nad oedd hi'n diflannu?

"Rydan ni..." meddai hi gan dynnu eto, a dechrau ymddwyn fel hylc, "yn gorfod..."

Roedd fy nwylo'n llithro eisoes. HELPWCH FI, DDWYLO. HELPWCH FI!

"… mynd…"

Dyma ni'n dau'n gafael yn dynnach.

"… i siopa!" Tynnodd hi ar fy mhyjamas mor galed nes i 'nhrowsus lithro i ffwrdd a – CRASH! – hedfanodd Affa i mewn i'r wardrob.

O, diar.

Cipiais y flanced a rowlio tu mewn iddi fel sbring rôl, ond roedd Affa'n edrych ychydig yn chwil AC roedd fy nhrowsus ganddi o hyd.

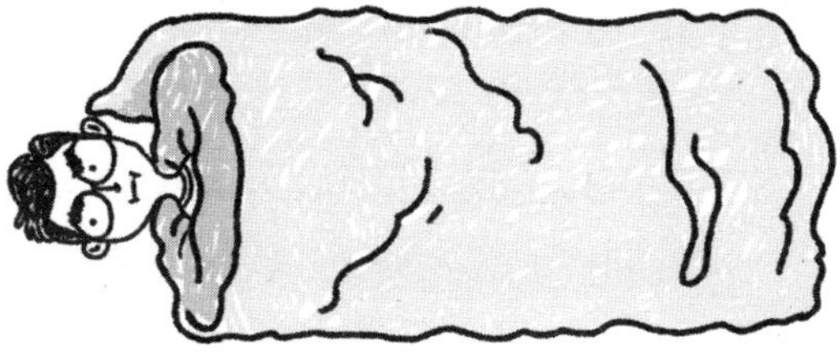

Gan ddringo dros ei choesau, rowliais tuag ati a stwffio fy hun o dan ei chesail. "Hmmmmmmmm, braaaaaaaaaaaaaaaaf." Roedd hi'n arogli o Jaffa Cakes hefyd. Pa sebon oedd hi wedi'i ddefnyddio?

"Beeeee? Pwy sy 'na?" mwmiodd hi. Roedd ei llygaid hi'n troi. Roedd angen mwy o gwsg ar Affa'n sicr. "Yusuf?" sibrydodd, gan sniffian fy ngwallt yn gysglyd. "Dwi'n mynd i dy ladd di ryw ddiwrnod. Ti'n gwybod hynny?"

"Hmmmmmmmm, braaaaaaaaaaaaaaaaf."

Ond wedyn cofiais i am y gwallt coch, y gwn, y blwch crefftau, y RHESTR LOFRUDDIO, ac agorodd fy llygaid led y pen. Efallai fod Nanu'n anghywir. Efallai nad rhestr westeion oedd hi wedi'r cyfan. Efallai fod Affa'n llofrudd go iawn.

A dyma fi, yn hanner cysgu ac wedi stwffio o dan ei braich. Os nad oeddwn i'n ofalus, byddai hi'n fy nhagu i farwolaeth fel neidr wrth i fi gysgu.

"AFFFFFFFFFFAAAAAAA!" gwaeddais yn ei chlust, gan wneud iddi lamu. "BE TI'N 'WNEUD? RYDAN NI'N GORFOD MYND I SIOPA!"

PENNOD PEDWAR DEG

"Affa, pam ti'n gwario £200 ar fyrgers a tsips?" gofynnais iddi, gan fynd ati'n slei i roi Kinder Surprises, creision sôs coch, *gulab jamun*, *rasmalai*, gwafa a bysedd pysgod yn y troli. Arhosais iddi orffen chwilio am y symbol *halal* a chraffu ar resiad arall o jacffrwythau, cyn rhoi fy mhethau'n gyfrwys o dan y bwyd oedd wedi'i rewi. "Alla i ddim ei fwyta fo i gyd fy hun, na alla i?" Ynteu allwn i? "Wel, ddim i gyd ar unwaith beth bynnag."

Arhosodd Affa wrth y ffrwythau, gan ffroeni'r mangos melys wrth ochr y papaia. "Dwi am gael bar byrgers yn

y parti Mehndi." Estynnodd ei ffôn a thapio i weld ei rhestr. "Dyna ni wedi cael popeth, dwi'n meddwl."

"O'r diwedd," anadlais. "Mae'r troli yma'n LLAAAAAAAWN DOP." Roedd hyd yn oed y ciwcymbyrs yn bygwth rowlio dros yr ochr.

"Wel, mi allen ni gael gwared ar yr holl sothach ti wedi'i roi i mewn yn slei."

"WELAIST TI HYNNY?" Ond ro'n i fel siwper-ysbïwr! Sut allai 'mhwerau fod wedi methu?

"Was, fi wnaeth ddyfeisio sut i wneud hynny. Aros! Esgusodwch fi," chwifiodd Affa ar weithiwr i ddwyn ei sylw. Roedd o mooooor dal – bron fel Groot (Groot yn oedolyn, wrth gwrs). Roedd yn rhaid iddo blygu yn ei hanner er mwyn gallu clywed Affa'n siarad.

"*Ji?*"

Mae hyn yn golygu 'ie', ond mae'n gallu bod yn gwestiwn ac yn ateb. Peidiwch ag edrych arna i. Ddim fi wnaeth y rheolau. Eu dilyn nhw ydw i, dyna i gyd. Ryw fath. O'r gorau, dim go iawn.

Edrychodd y dyn o'r troli at Affa ac yn ôl at y troli eto. "Oes gennych chi ruban?" gofynnodd hi. "Rydan ni angen ruban i'r giât, Yusuf. Ti fydd yn gyfrifol am hynny."

"Fi?" Yusuf Ali Khan? Yn gyfrifol am rywbeth? Rhaid bod Affa wedi taro'i phen yn galed iawn gynnau. "Syr, ie, syr! Ruban, plis," gofynnais i'r Groot anferthol.

Gwenodd a nodio. "*Ji*." Roedd ei dyrban glas yn edrych yn hynod o cŵl efo'i siaced wen. Tasai ganddo fo grafanc yn lle llaw, gallai o fod yn wyddonydd gwyllt. "Dewch, dewch."

Dyma ni'n gwthio'r troli bwyd drwy ddrysfa o sbeisys, drwy waliau o sosbenni a phadelli, heibio i stumogau cywion ieir marw a chnawd ŵyn, ac o'r diwedd at y cownter pysgod.

"Em, Affa?" meddwn i, yn rhythu ar lygad pysgodyn. "Dyweda wrth hwn am stopio edrych arna i."

Roedd Affa'n edrych mewn cymaint o benbleth â'r pysgodyn.

Siaradodd Groot efo dyn arall oedd â gwallt du cyrliog a mwstásh fel lindys blewog. "Ie?" Crynodd y lindys.

"Rydan ni'n chwilio am ruban," esboniodd Affa eto, gan dynnu'r troli yn nes ati.

"*Ji, ji,*" nodiodd. "Sut alla i helpu?"

Estynnodd bysgodyn ANFERTH wedi'i rewi, a bron â'i stwffio i lawr gwddw Affa. "Peth o hwn? Y gorau yn y ddinas."

"Na, na, na," meddai Affa, gan wthio'r gynffon fawr i ffwrdd. Edrychodd Groot arnon ni'n od. "Rydan ni'n chwilio am ruban."

Nodiodd Groot eto. "*Ji, ji.*"

Crafais fy mhen. "Sut all bod dynol fod yn ruban?"

Roedd rhywbeth yn drewi fan hyn. A do'n i ddim yn sôn am y siarcod sombi bach nac am stumogau'r pysgod chwaith.

"Ripon ydw i," meddai'r dyn arall gan wenu. "Wyau pysgod? Ydach chi'n hoffi wyau pysgod?"

"Ruban," meddai Affa'n chwerthin. "R-U-B-A-N." Roedd yr holl droli'n crynu. Un symudiad arall a byddai'r bysedd pysgod yn creu tswnami.

"Bysedd pysgod!" Wrth gwrs. "Dim syndod bod y pysgod yn rhythu'n od arna i. Maen nhw'n gwybod ein bod ni am ffrio'u ffrindiau nhw. Bwyd ydy pysgod, 'dach chi'n clywed? Ddim ffrindiau." Edrychais i fyw llygad y bwystfil a phrocio'r gwydr. "Ti'n fy nghlywed i?"

"Ti'n un od," meddai Affa, gan chwifio hwyl fawr ar y mwstásh ac ar Groot.

"Dwi'n gwybod dy fod ti, ond be ydw i?" Trois yn ôl at y gweithwyr. "Rhaid i ni fynd! Hwyl fawr i ti, Mr Mwstásh!"

PENNOD PEDWAR DEG UN

"Ti'n cynllwynio rhywbeth, Yusuf Ali Khan," meddai Affa, gan frathu asgwrn cyw iâr. Roedd y darnau briwsionllyd yn mynd yn sownd yn sgarff Affa. Roedd hi wastad yn hoffi cadw bwyd fan yna i'w fwynhau yn nes ymlaen. Weithiau, os oeddwn i'n lwcus, byddwn i'n dod o hyd iddo o'i blaen hi.

"Alli di ddim profi dim byd, filwr," meddwn i gan ysgwyd fy mhen. "Dim byd, ti'n fy nghlywed i? Dim yw dim."

Roedden ni yn Krispy Fried Chicken, y siop orau am gyw iâr yn y dref. Roedd ganddyn nhw ffenestri anferth a drwyddyn nhw roedd modd gweld yr holl ffordd drwy wydr yr arcêd ar ochr arall y stryd. Ac roedd ganddyn nhw hefyd seddi glas a choch meddal, llydan oedd yn gwneud i fi deimlo fel Captain America. Yn well byth, am £2.99, roedd Affa'n gallu prynu darnau cyw iâr popcorn sbeislyd, dwy adain cyw iâr grensiog, tsips, sôs coch a Fruit Shoot i fi. Bob tro y byddwn i'n dod yma, byddwn i'n teimlo fel brenin. Brenin yr adenydd cyw iâr.

"Hmmm, mi gawn ni weld am hynny, was." Cymerodd Affa frathiad arall o'i byrger poeth. Llifodd y sôs blasus o'i cheg a bron â disgyn ar y bwrdd, ond llwyddais i'w ddal mewn pryd gyda fy mys, a'i roi ar fy sglodyn. "Naaaaaaaa, am afiach."

Crebachodd ei hwyneb. Am eiliad, ro'n i'n credu ei bod hi wedi troi yn Nanu! "Mae hwnna'n llythrennol wedi bod yn fy ngheg i."

Llyfais y sôs yn gyntaf, a sglaffio'r sglodyn wedyn. "Affa, plis. O dy wyneb di ddiferodd hwnna, dim o fy wyneb i. Pwy sy'n afiach go iawn?"

Chwarddodd, gan ddod yn agos at dagu ar ei llond ceg o fwyd. Edrychodd hi arna i fel taswn i'n sâl.

Teimlais fy nhalcen gyda fy llaw rydd. Na, doedd neb yn sâl. Ddim eto, beth bynnag.

"Dwi'n mynd i weld colli hyn, ti'n gwybod. Mae'n drist ofnadwy."

"Be ti'n feddwl?" Oedd Affa'n dweud na fydden ni'n gwneud hyn mwyach?

"Yusuf, mae Manceinion dros ddwy awr i ffwrdd. Ti'n deall hynny, yn dwyt?"

"Ydw, mi aethon ni yno fis diwethaf. Ti'n cofio?" Oedd hi wedi anghofio bod gen i gof siwpersonig? Gwnaethon ni'r camgymeriad o fynd ag Aadam efo ni'r diwrnod hwnnw, a buodd o'n sâl dros y sedd i gyd. Mae dwy awr yn teimlo fel amser maith pan fydd gan rywun ffrwydradau chwd lympiog yn gwmni.

"Yn union. Fydda i ddim yma mor aml, na fydda i? Ond pan fydda i yma, mi wna i'n siŵr ei fod o'n sbesial.

Dwi'n addo."

DALIWCH EICH DŴR AM FUNUD FACH DDREWLLYD.

"Be, ydw i'n clywed hyn yn iawn?"

Mwythodd Affa fy moch. "Mi fydda i wastad yn chwaer i ti, ac mi fyddwn ni'n dal i weld ein gilydd —"

"DWI'N CAEL DY STAFELL WELY DI? AFFA! Ti'n SEREN!"

"Aros funud, be?" Rhewodd ei bysedd hi. "O ddifri? Wnest ti wrando ar air wnes i ei ddweud?"

Dyma fi'n dwyn sglodyn o'i phlât. Roedd ei rhai hi'n oeri beth bynnag. "Dwi wastad yn gwrando. Mi ddywedaist ti," meddwn i, gan wneud fy llais yn feddalach fel roedd hi wedi'i wneud, a gwthio fy mysedd i mewn i'w boch, gan ei staenio hi â sôs coch gyda phob mwythiad. "Fydda i ddim yma mor aml, na fydda i? Ond pan fydda i yma, mi wna i'n siŵr ei fod o'n sbesial. Dwi'n addo."

BŴŴŴŴŴŴŴM SHACA-LACA-LACA, BŴM!

Roedd y cof siwpersonig yn dal i weithio'n berffaith!

"Duw a'm helpo," meddai Affa, gan stwffio'r darn olaf o'i byrger i'w cheg. "Ac i ti gael deall, FI biau fy stafell i. Paid ti â meiddio mynd ar ei chyfyl hi, neu fydd dy fywyd di ddim gwerth ei fyw. Ti'n deall?"

Nodiais. Gawn ni weld am hynny, Miss Bosi Bŵts. Gawn ni weld am hynny.

PENNOD PEDWAR DEG DAU

Roedd amser yn prinhau. Roedd y briodas mewn llai na 96 awr a doedd gen i ddim cynllun o fath yn y byd eto, a dim ffordd o stopio priodas Affa rhag digwydd.

Meddylia, Yusuf. Meddylia!

Cymerais i lond ceg arall o Bombay Mix a'i gnoi'n swnllyd wrth i fy meddwl ddechrau troi ar wib. Pan oedd Nanu a fi yn y tŷ ar ein pennau'n hunain, roedd Nanu'n gadael i fi fwyta beth bynnag ro'n i ei eisiau, gan gynnwys jar gyfan o bethau bach sbeislyd. Mae hi'n wir y byddai 'ngheg i'n llosgi ac y byddwn i'n treulio awr arall ar sedd y toiled. Ond mam bach, mam bach, roedd hynny'n bris bach i'w dalu.

"ÎÎÎÎÎÎÎÎSWWWWWWFF!" crawciodd llais Nanu o'r llofft.

"NANNUUUUUUUUUUUUUU?" galwais yn ôl, gan ddod yn agos at dagu ar bysen felen sbeislyd.

"Dwi'n cael cyntun," gwaeddodd Nanu. "Mi fydd dy *mammi* di'n ffonio mewn pum munud. Dyweda wrthi y gwna i ffonio yn ôl nes ymlaen. Paid â dweud dim byd mwy wrthi. Mae hi'n hoffi hel clecs."

"O'r gorau, Nanu."

Rŵan, gan amlaf, byddai RHYYYYYYYYYDDID fel hyn yn debyg iawn i'r Awr Aur yn yr ysgol. Dyma'r adeg orau i ymestyn fy nghoesau dros y bwrdd, troi'n seren fôr ar y soffa, a sglaffio popeth melys oedd yn yr oergell. Ond doedd dim amser i wneud hynny heddiw. Dim o gwbl. Y cyfan y gallwn i ei wneud oedd cerdded o amgylch y stafell yn pendroni sut allwn i stopio'r parti mwyaf yn ein teulu ni erioed.

Dim pwysau.

"BE YDW I AM EI WNEUD?" hanner sibrydais, hanner gwaeddais, gan droi cefn ar y Bombay Mix a syrthio'n ddiymadferth i'r llawr. "BE YDW I WEDI'I WNEUD I HAEDDU HYN?"

BRING-BRIIIIIIIIIIIINNNNNNNNNG!
BRING-BRIIIIIIIIIIIINNNNNNNNNG!

Roedd Nanu yn llygad ei lle pan ddywedodd hi bum munud.

"Helô — sori, *as-salamu 'alaikum*."

"Pwy sy yna?" gofynnodd Mammi. Byddwn i'n gallu adnabod ei llais gwichlyd hi filltiroedd i ffwrdd.

Pwy sy yna? HI wnaeth ffonio ein tŷ NI!

"Yusuf, yn amlwg." Wir, pwy oedd hi'n ei ddisgwyl? Shrek?

"Paid â bod yn ddigywilydd," brathodd hi. "Ble mae dy Nanu di?"

"Dwi'n iawn, diolch yn fawr i chi am ofyn. Sut ydach chi, Mammi?"

"Dy Nanu di," ailadroddodd hi. "Ble mae hi?"

Ochneidiais, gan orfod stopio fy hun rhag rhoi'r ffôn i lawr. Allwch chi ddim dysgu cwrteisi i neb y dyddiau yma.

"Mae hi'n cysgu. Mae hi wedi dweud y bydd hi'n eich ffonio chi yn ôl."

"Felly faint ydy dy oed di?" torrodd Mammi ar fy nhraws. Roedd hi'n gofyn hyn bob wythnos. BOB WYTHNOS YN DDI-FFAEL!

"Dwi'n naw a thri chwarter, cofio?"

"Hmmmmmmmm, ddim digon hen. Faint ydy oed dy chwaer di? Ydy hi wedi priodi?"

"Wel, mae hi'n..." meddwn i, cyn tawelu, gan gofio beth ddywedodd Nanu. Beth taswn i'n gallu defnyddio hyn yn rhan o 'NGHYNLLUN? Os ydy Mammi wrth ei bodd yn hel clecs, wel hel clecs wneith hi. "Roedd hi i fod i briodi, ond mae'r briodas wedi'i chanslo!" Dyna ni, dylai hynny fod yn ddigon. Dim ond os NA FYDDAI fy nghynllun yn gweithio y byddai hyn yn gelwydd. Oherwydd hynny, doedd gen i ddim dewis ond gwneud yn siŵr y byddai'n gweithio!

"Paid â sôn!" Roedd Mammi'n dechrau cyffroi. Roedd ei llais hi'n fwy gwichlyd fyth, tasai hynny'n bosibl.

"Pam?" Roedd hi'n swnio fel tasai hi'n cnoi rhywbeth. "Dyweda fwy wrtha i. Pam nad ydy fy nith annwyl i wedi dyweddïo rhagor?"

"Wel, em, mae hi..." Dratia, do'n i ddim wedi meddwl cyn belled â hynny. "Wel, mae hi wedi bod yn sâl iawn yn ddiweddar. Mae hi wedi bod yn taflu i fyny'n aml! Yn taflu i fyny o hyd, mae o'n afiach ac yn ddrewllyd. Em, ac... mae'r doctor wedi dweud nad oes ganddi lawer ar ôl!" Dylai hynny fod yn ddigon! Fyddai merch sy'n marw byth yn dychmygu priodi yn y fath gyflwr.

"Bobl annwyl!" meddai Mammi. Gallwn i ei chlywed hi'n piffian chwerthin. "Am ferch fach ddrwg!"

Pam oedd hi'n chwerthin?

"Ia! Dyna chi. Mae hi'n ddrwg iawn!" Yusuf Ali Khan, ti'n athrylith!

"Dim syndod bod dy fam wedi bod yn dawel yn ddiweddar. Faint sydd ganddi hi ar ôl?"

Allwn i ddim dweud diwrnodau, byddai hynny'n rhy amlwg. "Wythnosau, dwi'n meddwl. Mae'n amser anodd iawn i ni, a dwi ddim yn credu y dylech chi ffonio byth eto. Dwi wedi dweud gormod."

HEHEHEHEHEHEHE.

"Na, Yaqub —"

"Yusuf."

"Beth bynnag, ti wedi dweud hen ddigon. Hwyl fawr!"

Ac ar hynny, dyma hi'n rhoi'r ffôn i lawr.

Y cyfan oedd yn rhaid i fi ei wneud rŵan oedd aros iddi ddweud wrth y byd a'r betws.

PENNOD PEDWAR DEG TRI

Fel mae'n digwydd, roedd Mammi wedi dechrau sôn wrth y byd a'r betws mewn dim o dro. Cyn bo hir, roedd y ffôn yn canu'n ddi-baid.

"Mae ganddi hi glefyd sy'n bwyta'i chnawd!" meddwn i wrth un fodryb. O'r gorau, efallai fod hwn yn gelwydd bach, ond roedd yn rhaid gwneud yn siŵr fy mod i'n dweud y gwir am ganslo'r briodas BOB TRO. Pa ddewis oedd gen i?

"Mi wnaeth hi rywbeth ofnadwy a phenderfynu ymuno efo'r syrcas fel actor mud," meddwn i wrth un arall.

"Anadlodd mwnci arni yn y sw yr wythnos diwetha ac mae hi'n mynd yn dwlál!" ailadroddais wrth rywun arall.

"Mi briododd hi'n gyfrinachol ac rŵan mae hi'n cael ysgariad!" gwichiais, gan swnio'n union fel Mammi.

Ond fyddai dim stop arnyn nhw! Roedd y galwadau'n dod rif y gwlith, a bob tro, byddwn i wedi anghofio beth ddywedais i'r tro cyntaf. Cyn hir, roedd y celwyddau'n mynd dros ben llestri. Do'n i ddim yn gwybod pryd ro'n i'n eu palu nhw, a phryd ro'n i'n dweud y gwir. Roedd hi'n ymddangos bod Affa yn wahanglwyf un eiliad ac yna'n neidio oddi ar adeilad mewn cwta chwarter awr. Ro'n i bron â choelio ei bod hi wedi torri pob asgwrn yn ei chorff a bellach yn gorwedd mewn gwely yn yr ysbyty, efo doctor arbennig o MI5 yn ei thrin hi, a hwnnw'n enwog am fwyta ysgyfaint pobl! (Affa druan! Roedd arni angen y rheini i anadlu.)

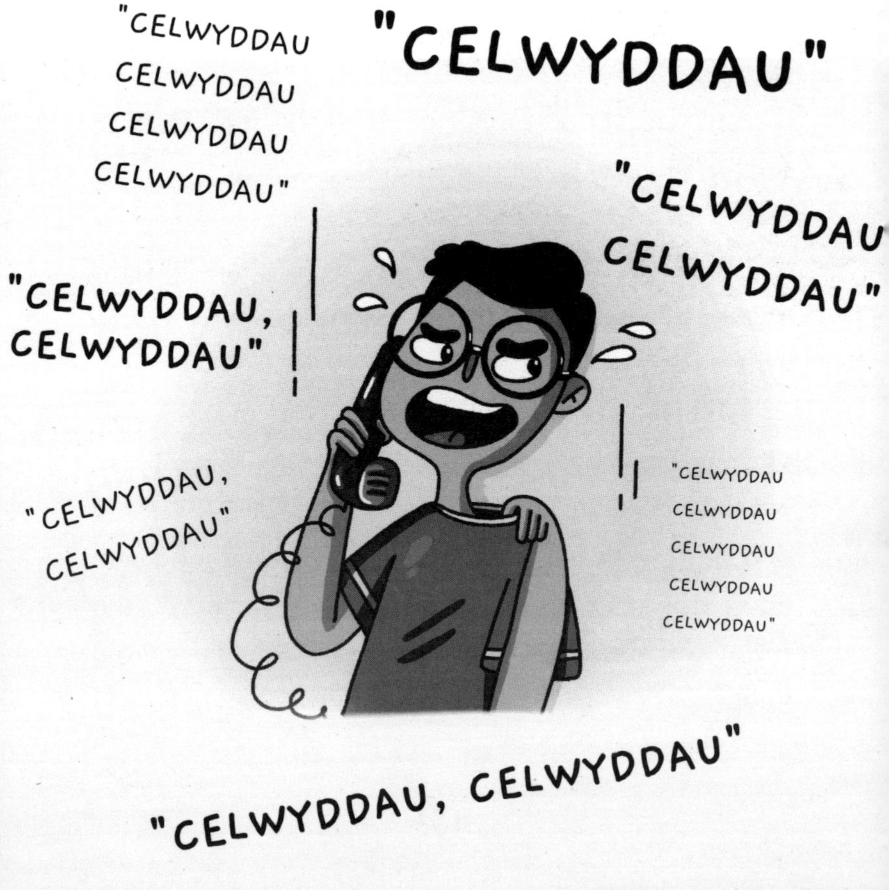

Erbyn i ddrws Nanu wichian ar agor eto, rhaid fy mod i wedi ateb 3.7 miliwn o alwadau. Un peth oedd yn sicr, roedd pawb yn gwybod bod y briodas wedi'i chanslo. Roedd fy ngwaith i wedi'i wneud.

BRING-BRIIIIIIIIIIIINNNNNNNNNG! BRING-BRIIIIIIIIIIIINNNNNNNNNG!

DYMA NI'N MYND!

Atebais y ffôn, gan esgus crio.

"WAAAAHHHH WAAAAAAAAAAAH WAAAAAAAAAH," criais, gan igian hefyd. "Mae hi wedi mynd. Mae Affa wedi mynd. Mi ddigwyddodd y peth mor gyflym. Roedd Duw yn ei charu hi ormod ac roedd hi'n rhy dda i'r byd yma."

Amibabh Bachchan, gwylia dy hun!

"YUSUF ALI KHAN!"

Fferrais.

Atseiniodd llais Amma dros y ffôn unwaith eto wrth i fy mysedd ddechrau crynu.

"Agora'r drws ffrynt."

PENNOD PEDWAR DEG PEDWAR

"Mae Mam wedi dweud dy fod ti'n mynd drwy gyfnod anodd ar y funud, a dyna pam ddywedaist ti'r holl gelwyddau yna. Mae hi'n dweud dy fod ti eisiau sylw achos nad wyt ti'n gwybod sut i ymdopi," meddai Aadam, gan fy nghuro ar fy nghefn. Rhoddodd fag melyn mawr ar fwrdd y stafell fyw. Roedd o wedi tynnu'r bag o ganol yr hambyrddau o gonau henna a byrbrydau roedd Khala wedi dod efo hi. "Mi dreuliodd hi a Khala drwy'r dydd ddoe yn ymddiheuro wrth bawb. Dwi'n synnu nad wyt ti'n gelain."

"A finnau hefyd. Mi ddywedodd Amma y byddai hi'n delio efo'r llanast i gychwyn, ac wedyn yn delio efo fi – beth bynnag mae hynny'n ei olygu. Mi addawodd hi beidio â dweud dim byd wrth Affa hefyd." Ceisiais sbecian yn y bag. "Be ydw i'n mynd drwyddo fo, tybed?"

Efallai fod yna barasitiaid wedi neidio i mewn i 'nghorff i, neu hyd yn oed fod lindys nad oeddwn i'n gwybod amdano'n sownd yn fy nhrwyn ac wedi adeiladu nyth.

"Ia. Be, tybed?" Rhoddodd ysgydwad i'r bag, ond wnaeth hwnnw ddim symud. Roedd beth bynnag oedd y tu mewn iddo fo'n eithaf mawr.

"Felly mae gen i rywbeth i wneud i ti deimlo'n well."

"MAE GEN TI?" Gallwn i deimlo fy amrannau'n pilio yn ôl, a fy llygaid i'n dechrau llamu. Bydd yn cŵl, Yusuf. Bydd yn cŵl. "Ydw, dwi'n mynd drwy gyfnod anodd. Anodd iawn, iawn." Roliais un o'r conau henna roedd Khala wedi'u gadael ar y bwrdd, ond doedd dim pwynt. Roedd fy llygaid wedi'u hoelio ar y bag llawn dirgelwch.

"Dwi'n gwybod," nodiodd, gan roi ei ddwylo yn y bag.

Bydd yn cŵl, Yusuf.

"BEYDY O? BEYDY O? BEYDY O?"

Pwy ddywedodd hynny? PWY DDYWEDODD HYNNY? "Mae Mam yn dweud bod yn rhaid i ti fod yn gryf."

"Mi fydda i. Mi fydda i." JEST AGORA'R BAG, AADAM! AGORA FO RŴAN HYN!

"Dwi'n gwybod, felly mi ges i hwn i dy helpu di." Yn araf, araf, fel tasai o'n hen grwban, rhoddodd ei ddwylo yn y bag. Arhosodd ei fysedd yno am OESOEDD tan iddo'u codi nhw'n uwch, gan lusgo rhywbeth allan. BYTH BYTHOEDD! RHAID FY MOD I'N BREUDDWYDIO. RHAID FY MOD I'N BREUDDWYDIO.

"Dy fenig bocsio Hulk Smash Hands di!" Deifiais amdanyn nhw cyn stopio hanner ffordd drwy'r awyr. "Arhosa. Ai dim ond gadael i fi edrych arnyn nhw wyt ti, neu ydw i'n cael cyffwrdd ynddyn nhw hefyd?"

Sgrynsiodd y bag yn fach. "Na, ti piau nhw. I'w cadw nhw, i'w cyffwrdd nhw, i wneud beth bynnag efo nhw. Ti 100% sydd piau nhw."

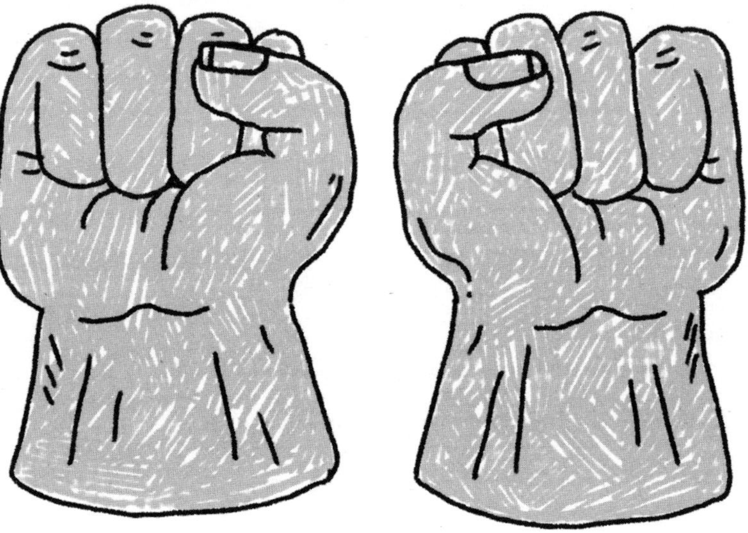

Byth bythoedd! "Aadam, ti'n seren!" Cipiais y menig a stwffio fy nwylo i mewn. Gallwn i droi yn Hylc go iawn rŵan. "Ti'n siŵr?"

Pam ofynnais i hynny? Pam ofynnais i hynny? Pam ofynnais i hynny? "Ydw," gwenodd, gan dynnu ei set siarad Webbed-Masters oddi ar y silff. Pryd gyrhaeddon nhw fan yna? Ro'n i'n meddwl fy mod i wedi eu cuddio nhw.

"Ti 300% sydd biau nhw."

"Hwrê!" Dyrnais yr awyr. Cymaint o bŵer. A FI BIAU NHW!

"Ti biau nhw – am y deg munud nesaf, beth bynnag. Ga i nhw yn ôl wedyn, plis."

"BE?" Codais fy aeliau.

"Tynnu coes! Ti biau nhw am byth."

Rhoddodd Aadam un o'r setiau siarad i mi, i'w chydbwyso ar fy nyrnau anferth. Gan fy ngwthio tu ôl i'r soffa, rhoddodd y set siarad ymlaen a diflannu.

"Ateba, Batboy." Daeth y Webbed-Masters yn fyw. "Be sy'n digwydd? Drosodd."

Ochneidiais a thynnu'r Hulk Smash Hands i ffwrdd. Fyddai Aadam ddim yn deall. "Mae dyn y tŷ'n diflannu. Maen nhw'n mynd â'r un sydd gennyn ni i Fanceinion. Be ydan ni am ei wneud? Drosodd."

"Alli di ddim bod yn ddyn? Haws na'r holl gynllwynio yma, mae'n siŵr. Mi alla i dy helpu di. Mi allwn ni fod yn dîm. Mae Dad yn gwneud i'r peth edrych yn hawdd iawn."

Dyna ni. Ro'n i'n gwybod na fyddai'n deall. Fyddai o ddim yn gorfod bod yn ddyn y tŷ ei hun. "Dydy hi ddim yn hawdd i Affa. Hi sy'n gwneud pob dim; y tŷ, y bwyd, gofalu am Nanu. Hi sy'n prynu Jaffa Cakes i fi, ac yn dweud yr holl bethau wrtha i nad ydy Sheikh Google yn eu gwybod. Cyn yr holl sôn am briodi, mi oedd hi'n arfer chwarae pêl-droed efo fi, a chriced, a reslo, a... pob dim. Dwyt ti ddim yn deall." Fyddai o byth yn deall. Doedd o ddim yn deall pa mor anodd oedd pethau wedi bod yn ein tŷ ni.

Dechreuais anadlu'n od, ond do'n i ddim yn meddwl y byddai fy nheclyn anadlu'n helpu y tro yma.

Bydd yn cŵl, Yusuf. Bydd yn cŵl.

"Mae Affa'n cadw Amma'n hapus. Ac mae Amma'n mynd yn drist pan na fydd hi yma. Pan fydd Amma'n flin, mae pob dim yn iawn. Ond pan fydd hi'n drist, mae hi'n drist am hir iawn." Tynnais y Webbed-Masters yn nes ata i. "Sut mae hynny'n deg, Aadam? Pam ddylai hi orfod mynd? Pam na wneith Umar Bhai ddod i fyw efo ni? Pam ei fod o'n ei chymryd hi beth bynnag? Pam gwneud hynny i ni? Mae hi wedi bod yn chwaer i fi'n hirach nag oedd o'n unrhyw beth iddi hi!" Ro'n i'n sigledig iawn erbyn hyn, a cheisiais bwyllo ac anadlu'n iawn eto. "Y peth ydy," dechreuais eto, "mae gen ti dy dad. Does... does gennyn ni ddim. Mae popeth, mae popeth," dywedais, heb wybod beth arall i'w ddweud, "drosodd."

Wnaeth Aadam ddim dweud dim byd chwaith. Efallai fod y batri wedi stopio gweithio. Pan oeddwn i ar fin codi fy mhen o'r tu ôl i'r soffa, daeth y Webbed-Masters yn ôl yn fyw.

"Asiant Khan," sibrydodd Aadam. "Mae gen i gynllun."

PENNOD PEDWAR DEG PUMP

"O'r gorau," meddai Aadam, gan wneud yn siŵr am yr ail, y trydydd a'r pedwerydd tro bod y drws ar gau ac nad oedd pryfaid ar y wal. Roedd un gwyfyn yno, ond cyn belled â bod hwnnw'n aros yng nghornel y nenfwd, roedden ni'n saff. "Mae adegau eithafol yn galw am atebion eithafol. Ti efo fi?"

Yn iaith pobl cŵl, mae hyn yn golygu, 'wyt ti'n deall?' Dwi'n dysgu'n gyflym.

Nac oeddwn. Do'n i ddim. Ond roedd hyn yn swnio'n cŵl, felly dyma nodio, gan geisio peidio dangos nad oeddwn i'n deall.

"Dweud di wrtha i, Asiant Khan," meddai, gan dynnu'r bwrdd yn nes aton ni a stwffio'i ben ôl yn ddyfnach i mewn i'r soffa. "Be ydy'r UN PETH mewn priodas sy'n bwysicach na dim byd arall?"

Hawdd. "Y bwyd." Arhoswch funud. Oedden ni am wenwyno pobl?

Ysgydwodd ei ben. "Yr ail beth pwysicaf ar ôl hynny."

“Y gacen.” Allen ni gynllwynio i ddwyn y gacen? Y lladrad mwyaf yn hanes y byd?

“Y peth pwysicaf wedyn.”

“Y balŵns…”

“Na, Yusuf! Meddylia eto. Be ydy’r UN PETH sy’n bwysicach na dim? Na allith neb wneud hebddo fo?”

Doedd hon yn amlwg ddim yn adeg dda i ddweud wrth Aadam nad oes modd cael priodas heb fwyd, cacennau a balŵns. Rhaid bod rhywbeth arall.

“O, dwi’n gwybod.” Wrth gwrs. Pam nad oeddwn i

wedi meddwl am hyn ynghynt? "Dau o bobl sydd wir eisiau treulio tan byth bythoedd yn byw yn yr un tŷ efo'i gilydd ac sydd eisiau gwneud eu gorau glas i garu ei gilydd." Dyna ni! Dau bwynt o wobr i fi!

"Naci!" Roedd Aadam yn binc llachar. Do'n i ddim yn gwybod bod hynny'n bosibl, hyd yn oed. "Dwyt ti ddim angen hynny."

"Wrth gwrs dy fod ti, Aadam." Efallai nad oeddwn i'n gwybod llawer, ond ro'n i'n gwybod hynny. "Dwi 207% yn siŵr dy fod ti angen hynny. Y drefn ydy bwyd, cacen, dau o bobl sydd —"

"FFROG!" sgrechiodd, gan neidio i fyny ac i lawr. "MAE'N RHAID CAEL FFROG BRIODAS!"

"Aadam Mahmoud," meddwn i, gan geisio tynnu'i ddwylo oddi ar fy ysgwyddau. Er ei fod o'n hogyn main, roedd o'n hurt o gryf. Fel Wolverine, mae'n siŵr bod gan Aadam Aadam-man-tiwm yn ei esgyrn. Efallai y byddai'n tyfu i fod yn ddyn wedi'r cyfan. "Ti'n athrylith. Mi allwn ni guddio'r ffrog yn y bin ailgylchu. Fydd gan Affa ddim amser i brynu un newydd. Gymerodd hi fisoedd iddyn nhw wneud yr un yma."

Ond doedd Aadam ddim yn gwrando. Roedd ei lygaid o wedi mynd yn chwil i gyd, a doedd o ddim yn edrych arna i rhagor. A dweud y gwir, do'n i ddim yn credu ei fod o ar y blaned hon mwyach.

"Aadam? Aaaaaadaaaaaam?" Clapiais fy nwylo o flaen ei wyneb, ond dim byd. "ASIANT MAHMOUD, tyrd i'r pencadlys. Asiant... asiant..."

Ond roedd ei enaid eisoes wedi mynd. Roedd yr hyn oedd ar ôl o'r Aadam go iawn wedi diflannu. Y cyfan oedd ar ôl oedd ei gorff, yn sefyll yn stond ac yn rhythu i'r gwacter. Ysgydwais i o'n galed. "PAID Â 'NGADAEL IIIIIII."

"Yusuf," sibrydodd. Stopiodd ei lygaid fod yn niwlog a deffrodd yn sydyn. Diolch i Dduw. Cododd gôn henna o'r bwrdd tu ôl i fi a'i rowlio rhwng ei fysedd. Lledodd gwên fel giât dros ei wyneb ac roedd rhywbeth yn dweud wrtha i bod y Joker ei hun yn ei reoli.

"Mae gen i," meddai, gan godi'i ben yn feiddgar, "gynllun gwell."

PENNOD PEDWAR DEG CHWECH

Crynodd aeliau Aadam a thapiodd flaenau'i fysedd. "Baw," sibrydodd, gan symud yn ôl ac ymlaen. "Baw. Baw."

"Dydy hwnna ddim yn gynllun gwell," brathais. Oedd yr Aadam-man-tiwm wedi drysu ei ymennydd? Oedd angen i fi ei roi O yn y bin? "Dwi'n dweud eto, Aadam: dydy hwnna DDIM yn gynllun gwell."

"Wrth gwrs ei fod o!" meddai gan neidio i fyny ac i lawr. "Mae o'n hollol berffaith. Fyddai neb yn ei iawn bwyll yn gwisgo ffrog sy'n llawn slwtsh brown." Gostyngodd ei lais i wneud yn siŵr nad oedd neb yn gallu ein clywed ni. "Mae o'n edrych yn debyg i... faw. Mae o'n edrych fel slwtsh."

MAE O'N SÔN AM BŴŴŴŴŴŴ!

Dyma roi ein clustiau yn erbyn drws llofft Affa – ARHOSWCH EILIAD! ARHOSWCH EILIAD! BETH DDIGWYDDODD? SUT AR Y DDAEAR GRON, YR HAUL, Y SÊR A'R GALAETHAU Y TU HWNT, Y GWNAETHON NI GYRRAEDD LLOFFT AFFA? Pryd ddigwyddodd hynny? Oeddwn i wedi llewygu? Oedd yna dwll du wedi fy sugno i mewn cyn fy mhoeri i yn ôl allan fan hyn?

Arhoswch funud! Ro'n i newydd ddeall beth oedd uwchbŵer Aadam: TELEGLUDIAD.

"Tyrd, ffwrdd â ni."

Heb rybudd, cydiodd Aadam yn fy mraich a 'nhynnu drwy fortecs i mewn i ffau Affa. Ches i ddim cyfle i ddadlau hyd yn oed.

GYLP!

A dyna lle'r oedd hi: y ffrog briodas, yn hongian oddi ar ddrws Affa. Neu'n ceisio tynnu'r drws i lawr, ddylwn i ddweud.

"Woaaaaaaaaaa," anadlodd Aadam.

Woaaaaaaaaaaaaaaaa, yn wir.

O'n blaen ni, roedd bwystfil disglair o beth. Roedd hi'n edrych fel tasai siwt Iron Man wedi glanio'n bendramwnwgl ar ben coeden Nadolig ac wedi ffrwydro i greu ffrog Affa. Byddai'r arfwisg aur a choch yn sicr yn ei hamddiffyn hi rhag unrhyw saethau, bwledi a modrybedd a fyddai'n ceisio'i hatal hi.

Troellais y côn henna yn fy llaw fel cyllell. O BLE DDAETH HWN? PWY WNAETH HYN? BETH OEDDYN DIGWYDD I FI?

Roedd Aadam yn gafael mewn côn hefyd, ac wedi'i dynnu o'i boced. "Tyrd, Yusuf. Gad i ni wneud hyn." Roedd ei lais o'n crynu. "Ti gyntaf." Ddim Aadam yn unig oedd yn siarad, ond Ofn. Ac roedd Ofn ei hun yn ei ddal o'n ôl.

"Na, ti gyntaf. Dy gynllun di ydy hwn." Do'n i byth bythoedd am fynd gyntaf. Byth. Byth bythoedd. Amen.

"Dy chwaer DI ydy hi," meddai Aadam, gan godi ei gôn henna fel dagr at fy ngwddw, cyn fy ngwthio yn nes at y ffrog. "Mi alli di wneud hyn. Na. Mi WNEI di wneud hyn."

Ond roedd rhywbeth yn dweud wrtha i na fyddwn i'n gallu. Roedd yr holl beth mor ddifrifol, gallai popeth fynd yn ffradach drwy wneud un camgymeriad bach, gan roi diwedd arna i'n llwyr a rhoi gwybod i'r holl dŷ fel seiren NÎ-NÔ swnllyd. "Dwi ddim yn meddwl y galla i. Ti wedi rhoi dy ffydd yn y dyn anghywir, filwr."

"Nac ydw, byth! Asiant Khan, mi alli di wneud hyn. Cofia pam dy fod ti'n gwneud hyn. Cofia pwy ydy'r gelyn go iawn." Stopiodd ei lais grynu a throdd ata i, gan anelu côn at fy nghalon. Ar yr eiliad honno, a chôn marwolaeth filimedrau i ffwrdd, roedd hi'n anodd dweud mewn gwirionedd pwy oedd y gelyn go iawn.

Ond roedd Aadam yn iawn. Heb y bwystfil hwn o beth, fyddai yna ddim priodas. Roedd yn ganolog i bopeth: i fy ngobeithion i, i fy mreuddwydion i, ac i 'NHEULU i. Drostyn nhw ro'n i'n gwneud hyn.

Caeais fy llygaid ac anadlu'n ddwfn. "Dros Nanu," sibrydais, gan gymryd cam ymlaen. "Dros Amma." Es yn fy mlaen fel tasai hi'n weddi fechan. Roedd y côn henna'n drwm yn fy llaw. Gwasgais i'r côn yn ofalus, gan gadw fy mys ar y blaen, rhag iddo ddiferu dros y carped gwyn.

"Mae Affa'n dod!" gwichiodd Aadam, gan fy nhynnu i ffwrdd o'r ffrog a deifio o dan y gwely.

Roedd sŵn ei thraed hi'n dod yn uwch ac yn uwch ac yn gyflymach ac yn gyflymach ac yn agosach ac yn agosach. Roedd hi'n dod. Yn waeth byth, doedd hi ddim ar ei phen ei hun!

Neidiais i mewn i wardrob Affa fel mellten, rhoi fy llaw dros fy ngheg, a dal fy anadl wrth i Affa a Khala frasgamu i'r stafell.

PENNOD PEDWAR DEG SAITH

Roedd y gwely'n gwichian yn swnllyd, ac roedd drws y wardrob ar gau'n dynn. Roedd hyn yn golygu bod rhywun ar ochr arall yr union ddrws yma, a bod rhywun arall yn eistedd ar ben Aadam!

Tasen ni'n cael ein dal, bydden ni'n gelain a byddai Affa'n ein bwyta ni'n fyw. Do'n i ddim yn hoffi sut roedd hynny'n swnio.

Griddfanodd y drws eto, a chuddiais yn ddyfnach ac yn ddyfnach yn jyngl gwisgoedd Affa. Byddai hi wedi bod yn haws tasai hi ddim mor dywyll a thasai ei dillad hi ddim yn teimlo fel miliwn o bryfaid cop yn cropian i fyny fy mreichiau, fy nghlustiau a fy ngwddw. Afiach. Afiach afiach afiach.

"Dwi ddim yn gwybod, Khala," meddai llais uchel Affa yn erbyn y drws, gan wneud i'r drws ac i finnau grynu. HI OEDD YNO! Roedd hi yno. Roedd Affa ar yr ochr arall! "Dwi'n poeni amdanyn nhw. Alla i ddim peidio."

"Dwi'n gwybod dy fod ti, ond wneith poeni ddim lles." Dychmygais Khala'n ysgwyd ei choesau, ac yn cicio wyneb Aadam ar ddamwain. Tasai hynny'n digwydd, byddai hi ar ben arnon ni'n dau, oherwydd pan fyddai

Aadam yn mynd i helbul, byddai o'n llusgo pawb arall efo fo, hyd yn oed *shih tzu* Ms Hawys. Credwch chi fi, ro'n i wedi gweld hynny'n digwydd efo fy llygaid fy hun.

"Ro'n i'n gwybod mai dyna fyddet ti'n ei ddweud. Ond... ond," AC YNA AGORODD HI DDRWS Y WARDROB. PELI SNOT O'R NEFOEDD, AGORODD HI DDRWS Y WARDROB, gan adael hanner y golau i mewn. Fferrais. Un symudiad – un camgymeriad bach – a dyna'i diwedd hi. Tyrchodd llaw Affa drwy ei sgarffiau. Gludais fy hun yn dynn i'r wal, gan geisio toddi i mewn iddi, ond roedd y llaw'n dod yn nes. DYMA DDWEUD ETO: ROEDD Y LLAW'N DOD YN NES. *Ya Rabb*, rho ddiwedd ar yr hurtrwydd yma! Plis.

Roedd braich Affa'n chwyrlïo fel neidr yn chwilio am ei phrae. Llithrodd y peithon bygythiol at fy mhoced. Arhosa... arhosa... o na! Brathodd a brathodd y dannedd tan iddyn nhw gael gafael ar strap fy melt. Ro'n i wedi cael fy machu – yn llythrennol! Ceisiais ddal y chwys oedd yn disgyn o 'nhrwyn, ond doedd dim pwynt. Dripiodd hwnnw ar law Affa. Byddai hi'n sylwi. Mater o amser yn unig oedd hi.

Meddylia'n gyflym, Yusuf. MEDDYLIA'N GYFLYM! Bachais un o hen sgarffiau Affa fel abwyd a'i siglo wrth ochr fy mhoced, gan herian y llaw. Brysia, brysia, brysia.

Os na fyddai Affa'n brathu, byddai hi'n fy nhynnu allan o'r wardrob fel jac-yn-y-bocs cyn mynd ati i 'nghrogi.

"Yusuf."

Ro'n i'n gelain. Fi. Ro'n i'n gelain. Yn gelain. Wir yr. Yn gelain.

"Amdano fo dwi'n poeni fwyaf. Mae o jest..." O, roedd hi'n dal i siarad efo Khala. Diolch byth!

Siglais y sgarff yn agosach at ei bysedd a'u cosi. Gollyngodd hi afael yn fy mhoced a rhoi plwc i'r sgarff, a'i thynnu tuag ati, ond yn hytrach na chau'r drws, AGORODD HI'R DRWS LED Y PEN! Ro'n i am gael fy nal, am gael fy nal heb os. Slapiodd yr aer ffres fy wyneb a dim ond cefn Affa oedd yn fy nghuddio rhag llygaid Khala.

PAID. AG. ANADLU.

PAID. AG. ANADLU. O. GWBL.

Ac wrth i Affa droi rownd i fy wynebu, caeodd hi'r drws gyda chlep, gan fy ngadael i yn y tywyllwch, heb i neb fy ngweld.

DIOLCH, DDUW. Ro'n i'n gwybod y byddet ti'n fy achub i! HWR-Ê! Byddai Asiant Khan yn byw i weld diwrnod arall.

"Mae o mor ifanc a mor naïf. Does ganddo fo ddim clem beth sy'n digwydd yn y byd," meddai Affa wedyn.

Daliwch eich dŵr. Dwi'n gwybod yn iawn beth sy'n

digwydd yn y byd yma. Dwi'n gwybod bod y pegynau iâ'n toddi a bod teigrod yn mynd yn brin a bod plastig yn difetha popeth. Dwi'n gwybod sut mae sêr yn cael eu geni a pha mor fawr y gall y galaeth fod, a pha mor fychan ydyn ni. Dwi'n deall llawer o wyddoniaeth. Ydy Affa hyd yn oed yn deall hynny? Ydy hi, ydy hi, ydy hi?

"Mi fydd o'n iawn. Mae o'n hogyn clyfar." Dyweda di wrthi hi, Khala. Rho hi yn ei lle. "Fedri di ddim rheoli hyn." Dos gam yn ôl, Khala. Dos gam yn ôl. Ond wnaeth hi ddim. "Rho ffydd yn Nuw fod ganddo fo gynlluniau gwell. Gad y cyfan iddo Fo. Dyna be ydy ffydd, yndê?" Gwichiodd y gwely eto. "A phaid ag anghofio ein bod ni yma iddyn nhw hefyd. Mi fydda i ac Aadam wastad gerllaw, yn byddwn?"

Tasai Khala ond yn gwybod pa mor agos oedden ni go iawn!

PENNOD PEDWAR DEG WYTH

"Roedd hynny'n agos, yn rhy agos," dywedais wrth y drych y noson honno. Roedd fy sbectols yn gam ac roedd fy ngwallt wedi troi yn wallt-barod-am-y-gwely eisoes. Roedd hi'n bryd i Asiant Khan roi'r gorau iddi.

Roedd Affa wedi mynd i ddanfon Aadam a Khala adref, felly roedd hi'n dawel yn y tŷ. Cyn iddi adael, cuddiodd Aadam a finnau'r conau henna o dan fy ngwely a thyngu llw i beidio â mynd i stafell Affa i wneud y fath beth fyth eto. Roedd hi'n ormod o risg. Gallen ni wir fod wedi colli ein bywydau. Roedden nhw'n dweud y gwir: roedd ysbïwr da'n gwybod sut i ddianc, ond roedd ysbïwr gwych yn gwybod sut i oroesi – hyd yn oed os oedd hynny'n golygu rhoi'r bathodyn i gadw.

TAP-TAP.

Agorodd Amma'r drws. Roedd hi'n edrych fel tasai hi'n fil o flynyddoedd oed, bron mor hen â Nanu. Roedd ei bochau hi'n hongian yn flinedig, a'i haeliau hi mor drwm nes eu bod nhw'n edrych fel eu bod nhw wedi rhoi'r ffidil yn y to yn llwyr. Suddodd hi i lawr ar fy ngwely a rhwbio'i llygaid efo'i sgarff.

"Ti'n iawn, *baba*?" gofynnodd Amma, gan guro'r lle gwag ar y gwely wrth ei hymyl.

"Ydw." Eisteddais wrth ei hochr. Oedd hi wedi dod i wybod am gynllwyn y côn henna? Ond sut gallai hi fod wedi dod i wybod? Roedden ni wedi bod yn hynod o gyfrwys. Neu EFALLAI ei bod hi wedi torri nionyn neu ddau'n ormod. Roedd hi'n anodd dweud weithiau.

"Ti'n siŵr dy fod ti'n iawn, *baba*?" Llyfodd ei bawd, yna'n sydyn, gafaelodd hi yn fy wyneb a'i sodro o dan ei chesail, gan rwbio 'nhalcen nes ei fod o'n sgleinio.

"Ych a fi, Amma." Dyma ryddhau fy hun o'i breichiau cryf a cheisio anadlu. "Dwi newydd gael bath!" Craffodd hi arna i mor ofalus, roedd yn rhaid i fi wneud yn siŵr bod ei henaid hi'n dal yno. "Ti'n iawn, Amma?" Tan yr eiliad honno, do'n i ddim wedi deall bod geiriau'n gallu teimlo fel brics yn cael eu stwffio i lawr eich corn gwddw yn syth i'ch stumog. Ond dyna sut oedd pethau'n teimlo. Dyna'n union sut oedd pethau'n teimlo.

Wnaeth Amma ddim ateb, dim ond eistedd yno, gan syllu i'r drych y tro yma.

"Ti angen cwtsh, dwi'n meddwl."

Beth? CYFRAITH CWTSH oedd hon. Pan fydd dyn angen cwtsh, mae dyn yn cael cwtsh. Dim cwestiynau. Ewch i ymchwilio.

Aeth trwyn Amma'n snotlyd i gyd a llifodd sblashys gwlyb ar fy ngwddw. Ro'n i eisiau eu sychu nhw, ond do'n i ddim eisiau eu cyffwrdd nhw chwaith. Do'n i ddim yn hoffi Amma fel hyn. Ddim o gwbl. Does neb, neb yn y byd (ar wahân i fi fy hun) yn gwneud Amma'n snotlyd fel hyn.

"Dwi ddim eisiau iddi hi fynd chwaith, *baba*."

Roedd y teimlad tyn yna yn fy mrest yn ôl. Piliodd Amma i ffwrdd oddi wrtha i, a sychu fy llygaid. Arhoswch funud. PRYD WNAETHON NHW DROI'N WLYB? Rhaid bod Amma wedi trosglwyddo ychydig o'i sudd llygaid i mi. Dyna'r unig esboniad rhesymol. Ond arhoswch, roedd rhywbeth o'i le. Roedd fy llygaid i'n diferu. Pam eu bod nhw'n diferu? Sut oedd diffodd y tap? Ble oedd y switsh? Pam na allwn i ffeindio'r switsh? Beth oedd yn digwydd i fi?!

"Dim ond ni fydd ar ôl cyn bo hir, yndê?" Stwffiodd Amma ei sgarff yn ei thrwyn a chwythu'n galed fel eliffant bach. "Dim ond ti a fi."

Gollyngodd hi ochenaid hir, a chau'r drws ar ei ffordd allan, gan fy ngadael i ar fy mhen fy hun.

BE GEBYST!? DDYWEDODD NEB WRTHA I FOD NANU'N SYMUD I FANCEINION EFO AFFA.

Roedd y cyfan yn gwneud synnwyr... Wedi'r cyfan, roedd Affa'n gwneud POPETH dros Nanu. Ond doedd DIM GOBAITH y byddwn i'n gadael i hynny ddigwydd. Ddim ar UNRHYW gyfri.

FYDDAI NEB, A DWI'N GOLYGU NEB, YN CAEL MYND Â NANU ODDI ARNA I!

PENNOD PEDWAR DEG NAW

Ar ddechrau gwyliau'r haf, do'n i ddim yn gwybod sut i fod yn 'ddyn y tŷ'. Ond os oedd gwylio 'Affa'r tŷ' wedi dysgu unrhyw beth i fi (er na ddysgais i ddim byd go iawn), wel bod 'dyn y tŷ' yn gofalu am ei bobl ei hun oedd y peth hwnnw. Os nad Nanu ac Amma oedd fy mhobl i, pwy arall oedden nhw? Ar wahân i Aadam – roedd o'n un o 'mhobl i hefyd.

Dyma gasglu 'mhethau'n gyflym. Roedd amser eisoes yn brin. Fyddai hi ddim yn rhy hir tan y byddai Affa yn ôl. Roedd gen i 16 munud a 58 eiliad yn union. Doedd Aadam a Khala ddim yn byw yn rhy bell i ffwrdd, felly roedd yn rhaid symud yn chwim. Oni bai bod Khala'n dangos ei gardd i Affa. Wedyn, go brin y byddai hi yn ôl o gwbl. (Mae Khala WEDI GWIRIONI ar ei gardd.)

Rŵan neu byth oedd hi.

Byddai dau gôn yn ddigon. Ro'n i'n siŵr o hynny. Gan eu stwffio nhw yn fy mhocedi, gwrandewais am y clic bach ar ddrws llofft Amma. Pan oeddwn i ddwy filiwn y cant yn siŵr bod Amma'n glyd yn ei gwely (allwn i ddim cymryd unrhyw siawns), rowliais o fy stafell a llithro'n gyflym i lofft Affa fel ysbryd.

A dyna ble roedd hi: y ffrog fwystfilaidd ei hun. Roedd hi'n pwyso yn erbyn y drws, yn siglo'n beryglus.

Er mwyn i hyn weithio, roedd angen i fi rywsut ei chael hi ar y llawr. Dyma'i phrocio hi'n galed, gan ddisgwyl i'r hongiwr dillad symud, ond yn hytrach, ces i fy MRATHU gan un o'r cerrig aur! Fy mrathu! Gwnaeth hi fwy o niwed i fi nag y gwnes i iddi hi.

Doedd hyn ddim am fod yn hawdd.

Doedd gen i ddim dewis ond tynnu'n galed i'w chael hi'n rhydd, ond roedd angen peidio â gwneud sŵn wrth iddi syrthio, neu byddai Amma'n siŵr o glywed. Byddai rhoi holl glustogau Affa o dan y wisg, ynghyd â'r flanced hufen ffansi a'r mat meddal, yn datrys hynny. Ro'n i'n reit siŵr.

Pan oedd y gaer glustoglyd yn barod, roedd hi'n bryd ymosod ar y bwystfil. Ro'n i angen rhywbeth i amddiffyn fy nwylo. Allwn i ddim cael fy mrathu eto, yn enwedig gan fod angen fy holl nerth i wneud hyn. Ond beth allwn i ei ddefnyddio? Beth allwn i ei ddefnyddio?

Sanau sliper Affa oedd yr unig arf ar faes y gad. Byddai'n rhaid iddyn nhw wneud y tro. Rhois fy nwylo yn y nadroedd porffor a sniffian yn ddwfn. Afiach! Doedden nhw'n sicr ddim wedi cael eu golchi ers o leiaf saith mlynedd. Ych a fi! Stwffiais fy llaw yn fy ngheg i stopio fy hun rhag taflu i fyny – AAAAAAAAA! Ro'n i newydd flasu'r hosan. ROEDDWN I NEWYDD FLASU'R HOSAN! Diolch i Dduw, roedd hi'n blasu fel Wotsits caws, neu fel arall dyna fyddai fy niwedd i. Efallai y dylwn i ei llyfu hi hefyd, am lwc. Na, na. Fyddai hynny ddim yn iawn. Dydyn ni ddim yn credu mewn lwc.

Canolbwyntia, Yusuf. Canolbwyntia. Ar ôl cyfri i lawr o dri, y cyfan oedd angen ei wneud oedd gafael yn y ffrog a thynnu. Dyna'r cwbl. Dyna'r cyfan. Cyn belled nad oedd Nanu ac Amma'n clywed dim, byddwn i'n saff. Yn saff, saff, saff.

O'r gorau, anadla.

Tri…

(Byddai popeth yn iawn, byddai?)

Anadlais yn ddyfnach. *Dau…*

(Byddan nhw'n diolch i fi am hyn, heb os.)

Un…

TYNNA!

O diar. **GYLP.**

Daeth y llong ofod i lawr i'r Ddaear efo bang. "Houston, mae gennyn ni broblem," llwyddais i fwmian, gan ebychu. Roedd yr holl beth wedi troi yn octopws anferthol, a hwnnw'n ymosod arna i o bob cyfeiriad. "Aer," anadlais, gan geisio peidio â boddi yn y rhwydi pysgota tu mewn.

Ond roedd yr ymdrech yn ormod. Roedd pwysau'r peth yn rhy drwm, ac roedd popeth yn troi'n ddu. Roedd hyd yn oed y sanau wedi llithro i ffwrdd – y bradwyr.

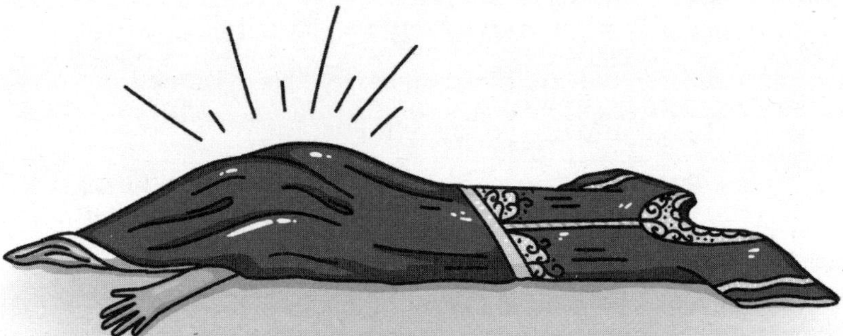

Ro'n i'n mygu. Allwn i ddim anadlu! ROEDD FFROG AFFA'N CEISIO FY LLADD I! Ble oedd y golau? ER MWYN DUW, BLE OEDD Y GOLAU?

ARHOSWCH EILIAD! Dwi'n gweld y golau!

"Dros fy mhobl i," ebychais, gan fy llusgo fy hun at y golau efo'r holl nerth y gallwn i ei fagu. Stryffaglais drwy'r môr coch, gan frwydro yn erbyn y cerrynt bygythiol. "Mi alli di wneud hyn, Yusuf. Mi alli di wneud hyn!"

O'r diwedd, ar ôl basiliwn o flynyddoedd o fustachu drwy'r tonnau ffyrnig, daeth fy mhen i'r golwg uwchben wyneb y dŵr, a gallwn i anadlu eto.

PENNOD PUM DEG

GWICH, GWICH, GWICH!

"Be oedd hwnna?" sibrydais, gan geisio peidio â thagu ar wisg Affa. Roedd y cerrig yn teimlo'n drwm ar fy nannedd, felly dyma droelli 'nhafod i gael gwared arnyn nhw.

Dyna'r sŵn eto.

GWICH, GWICH, GWICH!

Taswn i ddim yn berffaith siŵr bod Amma'n cysgu, byddwn i wedi dweud ei fod o'n swnio'n union, yn UNION, fel tasai hi'n DOD I FYNY'R GRISIAU!

GWICH, GWICH, GWI–

Pocedi snot o'r nefoedd! LARWM RHYBUDD! LARWM RHYBUDD! LARWM RHYBUDD! Roedd AMMA'n dringo'r grisiau!

Beth ddylwn i ei wneud?

Wrth i fy synhwyrau pry-coplyd ddeffro, symudodd handlen y drws. Yn sydyn, anadlais yn DDWWWWWWFN a phlymio wysg fy nghefn i'r môr coch unwaith eto.

Daeth amser i stop a rhoddodd fy nghalon gic adlam iddi'i hun. Efallai 'mod i o dan y dŵr go iawn.

"Yusuf Ali Khan," chwyrnodd Amma.

GYLP O DAN Y DŴR!

"Mab Abbu ydy'r hogyn yma." Mae Amma WASTAD yn dweud hyn fel tasai'n beth drwg.

Diolch i TI, Dduw! DIOLCH. DIOLCH. O. GALOOOOOOOOOOOOOON. Gallwn i ychwanegu camelion dynol at fy rhestr o uwchbwerau hefyd.

Ond daliwch eich dŵr. Pam ar y ddaear gron, yr haul, y sêr a'r galaethau y tu hwnt iddyn nhw fod Amma wastad yn amau mai fi ydy'r drwg yn y caws? Hynny ydy, doedd hi ddim yn anghywir. Ond doedd hi ddim yn GWYBOD hynny. Ble oedd y synnwyr yn hyn? Roedd Nanu i lawr grisiau. Gallai hi'r un mor hawdd fod yn gyfrifol. Ond NAAAAAAAAAAA! Dyma fi'n ceisio amddiffyn fy NHEULU I a bod yn ddyn y tŷ, a hithau Amma yn fy nghyhuddo fi o — Arhoswch funud. Pam oedd hi'n swnio MOR AGOS!?

"Well i fi roi hon yn ôl cyn iddi gyrraedd," meddai Amma.

O DIAR. Byddai hi'n fy ngweld i ac wedyn yn fy NGWASGU i'n ddim. Roedd diwedd y byd ar fin dod. Ond roedd cymaint o bethau nad oeddwn i wedi'u gwneud eto. Fyddwn i byth yn cael fy ffôn symudol fy hun. Fyddwn i byth yn mynd i Flwyddyn 6. Fyddai neb byth yn llofnodi fy siwmper ysgol. Fyddwn i ddim hyd yn oed yn cael cyfle i dyfu!

Cydiais mor dynn yn y ffrog ag y gallwn i. Efallai y gallwn i ei defnyddio hi fel tarian.

Clywais sŵn SIFFRWD UCHEL a chloddiais fy ewinedd – ewinedd fy nhraed hefyd – yn ddyfnach i'r rhwyd bysgota a dal yn dynn, dynn.

Gwnaeth Amma sŵn rhochian, a'i breichiau anferth yn fy nghlymu'n sownd i'r arfwisg. "Dwi ddim yn cofio bod y ffrog yma mor DRWM Â HYN!"

Rhoddodd hergwd a phlwc i'r ffrog yn rhwystredig. Wrth lwc, roedd y rhwyd bysgota yn stopio'i hergydion rhag fy nharo, ac ro'n i ar fin plymio'n ddyfnach i mewn i'r defnydd i fod yn saff.

MAWREDD Y MORON! Yn sydyn, bron iawn i hongiwr dillad miniog saethu i fy llygad a 'ngwneud i'n ddall am byth. Roedd gen i ddigon o broblemau gweld fel roedd hi! Diolch i Dduw 'mod i'n gallu ymateb mor gyflym. Doedd Batboy byth yn ildio heb frwydr. Oedd hi'n wir nad oedd gan Amma o ddifri DDIM SYNIAD bod ei HUNIG FAB yng nghanol y ffrog yma?

Gafaelais yn dynnach fyth yn y ffrog wrth iddi godi i'r awyr. Roedd y roced wedi lansio a fi fyddai'r bod dynol cyntaf erioed i hedfan i'r gofod mewn ffrog

(i ofod Affa beth bynnag). MAE HYN MOR CŴŴŴŴŴL! Dwi ar bigau'r drain i ddweud wrth Aadam!

Ond yn gyntaf oll, roedd yn rhaid gwneud yn siŵr na fyddai'r chwys oedd yn llifo i lawr fy mysedd yn gwneud i fi lithro a syrthio i fy marwolaeth. Brysia, Amma. Brysia! Fydda i ddim yn gallu dal gafael am lawer hirach!

Ochneidiodd Amma, gan glepian bachyn yr hongiwr dillad ar y drws. Roedd y ffrog yn ysgwyd cymaint ro'n i'n teimlo'n chwil. Os na fyddai hi'n llwyddo i'w bachu'n fuan, byddwn i'n chwydu dros ei thraed hi. "Mae rhywbeth o'i le fan hyn."

PENNOD PUM DEG UN

O Dduw,

Dwi wedi gwneud llawer o gamgymeriadau (a dwi'n golygu LLAWER). Ond mae Amma wastad yn dweud dy fod ti yn hynod o drugarog. Dwi'n dal ddim yn gwybod beth ydy ystyr hynny, ond mi wna i ofyn i Sheikh Google yn nes ymlaen. Y cyfan dwi'n ei ofyn ydy dy fod ti yn fy achub i rŵan. Dyna'r cwbl. Dyna'r cyfan. ACHUBA FI RŴAN HYN, PLIS? A phlis bach arall efo gulab jamun ar ei ben.

Roedd gen i ofn agor fy llygaid o hyd, ond allwn i ddim dal gafael llawer mwy. Byddai fy mysedd i'n disgyn i ffwrdd. Roedd hi'n boeth ac yn fyglyd yno. Mae'n siŵr y byddwn i'n marw drwy gael fy ngwenwyno gan fy anadl ddrewllyd fy hun. Ro'n i gasiliwn y cant yn siŵr o hynny.

Ond arhoswch eiliad.

Beth oedd y sŵn yna? Na.

Allai o ddim bod. Allai o?

Roedd o'n swnio bron fel... fel... distawrwydd.

Sbeciais dros dop ffrog Affa cyn cuddio eto, gan adael i 'ngwallt gludiog lithro dros y cerrig.

Oni bai bod fy llygaid yn fy nhwyllo, roedd Amma newydd ddiflannu. WYYFF! Jest fel yna.

Gan wasgu fy llygaid ar gau, gwrandewais yn astud. Ond dyna fo eto. Distawrwydd.

Daeth **PLOP! PLOP!** drwy'r distawrwydd.

Oedd Amma'n dod yn ôl? Oedd hi wedi deall beth oedd fy nghynllwyn cyfrwys? Efallai ei bod hi'n sefyll tu allan i ddrws y stafell wely, yn aros i fi lithro o'r ffrog er mwyn LLAMU ar fy mhen.

Sbeciais o dan fysedd fy nhraed.

FFIW! Diolch byth: dim ond y conau henna oedd yno. Rhaid eu bod nhw wedi syrthio o fy mhocedi a rowlio at y gaer glustoglyd.

Llithrais o'r ffrog, a syrthio'n dawel ar y llawr. Ro'n i MOR AGOS. Roedd yr holl beth yn sicr yn arwydd – yn arwydd rhybudd NEON – bod yr holl gynllun hwn yn un DA I DDIM. Roedd hi'n bryd troi cefn ar y cyfan a rhoi diwedd ar hyn. Doedd y cyfan ddim werth yr ymdrech.

Trewais y ffrog i gael gwared ar unrhyw arwydd fy mod i wedi bod yno, cyn edrych yn sydyn o amgylch safle'r drosedd i sicrhau bod popeth lle dylai o fod. Wrth gwrs, byddai'n rhaid tacluso'r gaer glustoglyd —

SLWTSH!

Digwyddodd y cyfan yn araf, araf, fel golygfa ymladd mewn ffilm gynhyrfus. Roedd cadwyni anweledig wedi clymu fy nwylo yn sownd i fy ystlys wrth i ffrwydrad brown, gludiog fyrstio o'r côn henna ro'n i newydd gamu arno. Saethodd yr hylif a glanio **SBLAT!** yng nghanol ffrog briodas Affa. Doedd honno ddim mor befriog erbyn hyn.

Na. NA. NA. NA. NA.
DOEDD HYN
DDIM
YN DIGWYDD!

Caeais fy llygaid. Efallai y byddai'r cyfan yn diflannu mewn cwmwl fel y gwnaeth Amma. BRYSIA. BRYSIA!

WWWYYYFF! DIFLANNA! WWWYYYFF!

Ond wnaeth hynny ddim gweithio. Waeth faint o weithiau y gwnes i agor a chau fy llygaid, doedd dim byd yn tycio. Roedd y pŵ, neu'r past dylwn i ddweud, yn dal yno. Byddai Affa'n fy lladd i. Byddai hi'n fy lladd i go iawn. Yr holl adegau eraill yna, efallai 'mod i FYMRYN yn ddramatig. Ond y tro yma, byddai hi'n fy LLOFRUDDIO i go iawn ac yn gadael fy nghorff marw pydredig fel rhybudd i frodyr iau gwirion eraill. Fel yr oedd pethau, byddai Amma a Nanu'n ei helpu hi i osgoi cael ei chosbi hefyd!

Meddylia, Yusuf. Meddylia!

Byddai'n rhaid i fi lanhau'r ffrog. A hynny'n sydyn, cyn i'r hylif galedu. Roedd fy ymennydd i'n gweiddi, ond doedd fy nghorff i ddim yn gwrando.

MAE ANGEN GLANHAU'R FFROG! Sychu'r cyfan i ffwrdd. Gallwn i wneud hyn. Doedd hi ddim yn rhy hwyr.

Oer. Roedd yr hylif gludiog yn andros o oer ar fy nghledrau chwyslyd. Ceisiais gasglu'r past yn fy mysedd, ond wnâi hynny ddim mo'r tro. Roedd o'n troi yn fwy o slwtsh fyth. Gan ei sychu ar fy nhrowsus, rhois gynnig arall arni, a gwthio'r past pŵ i'r ochr. OND GWNEUD

PETHAU'N WAETH WNAETH HYNNY! PAM FOD PETHAU'N MYND YN WAETH? DOEDD HYN DDIM YN GWNEUD SYNNWYR!

Clywais sblash bach ar y llawr. ROEDDWN I'N DIFERU ETO! Mewn panig, ceisiais sychu fy llygaid efo fy nwylo — O NA! Fy wyneb i! MAE O'N LLOSGI! Mae o'n llosgi!

Ac yna, yr eiliad honno, fferrais. Clywais oriadau'n tincial i lawr grisiau a'r drws ffrynt yn clicio ar agor.

"Dwi adra," gwaeddodd Affa i fyny'r grisiau. Barod neu beidio, roedd hi'n dod.

PENNOD PUM DEG DAU

Paid â mynd i banig.

Paid â mynd i banig.

ER MWYN DYN A NANU, PAID Â MYND I BANIG!

"Dwi wedi blino'n lân." Roedd llais Affa'n dringo'r grisiau wrth i mi'i chlywed hi'n tynnu'i hesgidiau i ffwrdd fesul un.

Ond wedyn, dim byd.

Dim yw dim.

Y tu allan, roedd hi'n FARWOL o dawel.

Ond tu mewn, roedd fy nghalon i'n dyrnu, yn curo yn fy mhen, fy nghlustiau a bysedd fy nhraed! Roedd fy nghalon i'n mynd yn wallgof. Roedd fy nghalon i wedi dianc!

Sabr, Yusuf Ali Khan! Amynedd. Byyyyyyyyyyyydd yn amyneddgar... fel chwyddbysgodyn. Aaaaaaaamynedd.

Ac anadla fel chwyddbysgodyn...

GWWWWWWWWWIIIIIIIIIIIIIIIIIIIIICH...

RHEDA!

Rhedais ar draws y stafell, gan daro'n glep yn erbyn y wal

a bownsio efo BOING yn ôl i mewn i'r gaer glustoglyd. "Dos oddi arna i!" gwichiais, gan geisio rhyddhau fy nhroed o'r tywod trwm oddi tana i. "Brysia, brysia!"

O'r diwedd, popiodd bysedd fy nhraed yn rhydd a dihangais i'r unig stafell lle byddwn i'n ddiogel: y stafell ymolchi. Roedd clo arni. Ond crafangodd y sandalau ar lawr y stafell ymolchi am fy nhraed, a gwneud i fi syrthio'n bendramwnwgl ar y llawr caled. Dim amser i boeni am hynny. Roedd yn rhaid ymolchi!

Gan droi'r tap, plymiais fy mysedd yn y sinc, ond tasgodd y dŵr i bobman. Trawodd yn erbyn fy sbectols, gan fy nallu bron iawn, ond wnaeth y dŵr ddim glanhau'r llanast. Llifodd yr hylif brown gludiog i lawr y sinc, ond ddigwyddodd dim byd i'r staen. Sgrwbiais yn galetach. YN GALETACH AC YN GALETACH AC YN GALETACH. Ond doedd dim diben. Doedd dim ffordd o'i guddio. Roedd gen i WAED (neu mewn geiriau eraill, past henna brown, neu mewn geiriau eraill, tystiolaeth) ar fy nwylo.

Trois y tap i ffwrdd a phwysais fy nghlust yn erbyn drws y stafell ymolchi. Gan ei gloi'n dawel, dyma ddefnyddio fy synhwyrau pry-coplyd a cheisio peidio â throi yn jeli.

Doedd dim siw na miw o Affa. Dim yw dim. Dim ond y cloc yn tician fel bom yn y cyntedd.

TIC-TOC. TIC-TOC. TIC-TOC. TIC-TOC.

Efallai fod Affa wedi diflannu mewn cwmwl o niwl fel Amma. Roedd hynny'n bosibl, siawns?

Ond chwalwyd fy ngobeithion pan dorrodd ei chlochdar drwy'r awyr fel cyllell.

"Pwy ddysgodd hi sut i arddio, tybed?" Llais Amma oedd hwn!

Roedd gen i ychydig mwy o amser gan fod Affa wedi stopio am y tro. Ond am ba mor hir y byddai hi'n aros?

Anadla, Yusuf. Anadla.

Taswn i'n cael pwl o asthma yr eiliad hon ac yn gorfod mynd i'r ysbyty, byddai Affa'n anghofio popeth. Byddai hi'n crio cymaint ac yn gweddïo drosta i ac yn gorfod canslo'r briodas. A byddai Nanu'n aros hefyd oherwydd fyddai hi byth bythoedd yn mynd i Fanceinion a finnau yn y fath gyflwr.

Cynllun newydd: paid ag anadlu, Yusuf. Paid ag anadlu. Ond haws dweud na gwneud, ac roedd fy nhu mewn yn fy mradychu. Bob tro y byddwn i'n dal fy anadl i mewn, byddai'n dianc eto. FFYLIAID!

Roedd angen cynllun wrth gefn ar gyfer y cynllun wrth gefn. Gan sbecian o amgylch y stafell, chwiliais am arf. Fy unig opsiynau oedd brwsh toiled a brwsh dannedd (ddim fy un i), a do'n i'n sicr ddim eisiau cyffwrdd yn y naill na'r llall. Efallai y gallwn i aros yma am byth bythoedd yn lle hynny. Roedd hynny'n bosibl, yn sicr. Roedd popeth yma roedd rhywun ei angen i oroesi: toiled, dŵr, dŵr toiled. Ie, dyna beth wnawn i. Mi wnawn i hynny. Gallwn i gysgu yn y gawod ac efallai —

"Dwi wedi ymlâdd," meddai Affa gan ddylyfu gên. "Wela i di yn y bore, *in shaa Allah*."

Na. BYDDWN I'N GELAIN.

YN GELAIN. YN GELAIN. YN GELAIN.

Pwysais fy nwylo yn erbyn fy nghlustiau wrth i ddrws Affa glicio ar agor.

Yna, cafodd yr holl alaeth ei ysgwyd gan **SGRECH** fel daeargryn.

GYLP.

PENNOD PUM DEG TRI

"DWI'N SORI, DWI'N SORI, DWI'N SORI, DWI'N SORI," gwaeddais NERTH ESGYRN FY MHEN, ond roedd Affa'n dal i guro ar y drws. Roedd yr handlen yn ysgwyd yn wyllt. Fyddai honno ddim yn para llawer mwy cyn torri! Mater o amser oedd hi cyn i'r handlen ffrwydro.

"NAAAANUUUUUUUUUUUU!"

gwaeddais, gan guro fy nyrnau innau ar y drws hefyd. Wneith rhywun fy achub i!

Ble oedd yr oedolion? Pam nad oedden nhw yma? Pam nad oedden nhw'n stopio'r Hylc yma?

"TI WEDI DIFETHA POPETH!" sgrechiodd Affa. "Y cythraul bach i ti. Ti wedi difetha popeth!"

Y geiriau cythraul bach – dywedodd Affa hynny, go iawn! Yn sydyn, daeth sŵn **CRASH** DYCHRYNLLYD o'r ochr arall, nes bod fy ysgwydd i'n crynu. ROEDD HI'N CEISIO HYRDDIO EI FFORDD DRWY'R DRWS. Gwthiais yn galetach yn erbyn y drws efo'r holl nerth oedd gen i ar ôl. **SMASH!**

"ARHOSA TAN I FI GAEL GAFAEL ARNAT TI, YUSUF ALI KHAN," bloeddiodd hi gan roi hergwd arall i'r drws. "Arhosa di!"

Gwthiais yr handlen i fyny, ond doedd dim diben. Roedd fy mysedd yn rhy llithrig o lawer. "Wnes i ddim trio! Wnes i ddim, wir yr!"

"Yr hen," meddai hi gan wthio eto nes bod y drws yn crynu, "gelwyddgi", yna gwthiad arall, "BACH!" A hergwd arall eto!

"NA NA NA NA NA NA NA NA NA! Ti ddim yn deall! Affa, GWRANDA!"

"Na, gwranda DI —"

Yn sydyn... stopiodd popeth. Distawrwydd. Doedd hyn ddim yn beth da. Ddim mewn miliwn o flynyddoedd. DOEDD. HYN. DDIM. YN. BETH. DA.

"Îswff Ali Khan," meddai Nanu'n dawel. "Agora'r drws y funud yma."

Plymiodd yr holl ddewrder y tu mewn i fi i'r llawr wrth i Nanu daro'n ysgafn ar yr ochr arall.

"Ammu?"

PENNOD PUM DEG PEDWAR

Rhaid bod Affa ac Amma wedi mynd i lawr y grisiau, oherwydd erbyn i fi fagu digon o ddewrder (a bod yn ddigon gwirion) i agor y drws, dim ond Nanu oedd yno, yn gafael yn dynn yn ei ffon gerdded. Roedd ei choban las yn llawn pinnau ac roedd hi wedi crychu yn y gwaelod. Rhoddodd law ar ei chlun wrth i'w sbectols lithro i lawr ei thrwyn. Gwthiodd Nanu ei sbectols yn ôl a gadael i'w haeliau siarad drosti i gychwyn. Roedden nhw'n dweud yn blwmp ac yn blaen: GWEDDÏA. AR. DDUW.

"Tyrd efo fi," meddai hi, ar ôl distawrwydd hir.

Yn araf, agorodd Nanu ddrws Affa. Gwthiodd y drws yn ôl a dilynais hi. Roedd tu mewn y stafell yn faes y gad, yn dir rhyfel, yn... yn... yn fynwent.

"Edrych be wnest ti," meddai Nanu, gan bwyntio at y ffrog oedd fel corff ar y llawr. Roedd hi'n gorwedd ar y carped, y breichiau ar led fel cimwch ar fin marw. Roedd y llawr gwyn yn llawn past gwaed sych ac roedd hylif gludiog brown dros holl ddarnau pefriog ffrog Affa. Roedd y gaer glustoglyd wedi dymchwel a'r cyfan oedd ar ôl oedd y mat lle roedd pen arfwisg Affa yn gorffwys.

"Dwi ddim hyd yn oed yn flin," meddai Nanu.

Peidiwch â'i ddweud o. PEIDIWCH Â'I DDWEUD O! PLIS, NANU, PEIDIWCH Â'I DDWEUD O!

"Dwi'n siomedig, dyna i gyd."

NAAAAAAAAAA!

Peidiwch â dweud hynny! Peidiwch â dweud hynny! Peidiwch â dweud hynny! Roedd hynny GANWAITH GWAETH.

"Wnaethon ni ddim dy fagu di fel hyn, *beta*," meddai hi, gan sychu'i thalcen.

A DYNA ni, y *jalebi* ar y gacen. Ddim Îswff, ddim *goru*, ond *beta*. *Beta* annwyl, neis. Do'n i ddim yn ei haeddu hi.

"Glanha'r llanast. Yr eiliad yma."

Ac ar hynny, cerddodd Nanu allan efo'i choban yn chwyrlïo ar ei hôl, gan fy ngadael i ar fy mhen fy hun gyda chorff marw ffrog briodas Affa.

PENNOD PUM DEG PUMP

Roedd hi wedi hanner nos a phawb yn y tŷ yn cysgu. Gyda'r goleuadau wedi'u diffodd a dim siw na miw i lawr grisiau, dringais i'r gwely heb y bandejes. Fyddai neb yn sylwi. Dim heno.

Ar ôl i Nanu adael, llwyddais rywsut i lanhau stafell Affa cyn iddi geisio hyrddio drwy'r drws eto. Efallai fod Amma wedi cloi'r drws a llyncu'r goriad, neu wedi gofyn i Nanu ei guddio fo yn ei choban. Ond deallwch hyn, doedd sleifio o amgylch cynefin creadur oedd eisiau eich lladd chi yn y fan a'r lle ddim yn hawdd. Ddim yn hawdd o gwbl. Bob tro y byddai'r cloc yn ticio'n rhy uchel neu'r grisiau bron â gwichian, byddai fy llygaid yn ceisio llamu o 'mhenglog a neidio drwy'r ffenest. Heblaw am fy sbectols, pwy a ŵyr ble fydden nhw.

Tynnais y flanced dros fy mhen a chau fy llygaid nes ei bod hi fel bol buwch. Doedd Affa erioed wedi bod mor gynddeiriog â hyn – ddim hyd yn oed pan roddais i lolipop pen pysgodyn go iawn iddi yn anrheg Eid. Roedd hi mor wallgo'r diwrnod hwnnw, ro'n i'n credu y byddai'i phen hi'n ffrwydro.

Ond hyd yn oed ar ôl hynny i gyd – ar ôl iddi geisio

hyrddio'r darnau o bysgodyn i lawr fy nghorn gwddw, fy ngorfodi i lyncu'r peli llygaid yn gyfan, a fy waldio ar y llawr wrth fy nhagu – rhoddodd hi focs ANFERTHOL o Jaffa Cakes i fi er gwaethaf popeth. A hynny oherwydd mai dyna sut ddyn y tŷ oedd Affa. Roedd hi wastad yn meddwl am bawb arall ac am eu Jaffa Cakes. Fel y dywedodd Nanu un deg saith o weithiau, dydy pobl fel yna ddim yn bod y dyddiau hyn.

Roedd cloc y cyntedd yn tician yn uwch ac yn uwch. Po fwyaf y ceisiwn i ei anwybyddu, mwyaf roedd o'n dechrau swnio fel taranau. **TIC TIC TIC TIC TIC TIC TIC!**

"Stopia, rŵan!" hisiais. "Dwi'n deall! Dwi'n deall, ocê?"

Does dim dwywaith amdani, ro'n i wedi creu LLANAST MAWR o bethau. Do'n i ddim eisiau dweud hynny'n uchel, ond ro'n i'n gwybod beth oedd yn rhaid i mi'i wneud. O'r diwedd, roedd hi'n bryd gwneud beth ddylwn i fod wedi'i wneud amser HIR, HIR yn ôl.

Gan deimlo'n euog, cropiais allan o'r gwely a thynnu'r mat gweddïo sychlyd o'r tu ôl i'r wardrob.

Switsiais y golau sêr ymlaen – dim golau nos oedden nhw'n bendant – a rowlio'r mat bach ar y llawr a gweddïo. Gan syrthio ar fy ngliniau a chodi fy nwylo i'r awyr, anadlais yn ddwfn a dechrau arni.

O Dduw,

Dwi'n gwybod nad ydw i wedi bod yn un o'r brodyr gorau yn y byd, na hyd yn oed yn un o'r bobl orau...

Dechreuodd fy mysedd grynu. Syrthiodd sblash o sudd llygaid ar fy mraich hyd yn oed, a diferu i lawr y croen. Cyn hir, roedd hwnnw'n rhaeadr mawr.

Beth bynnag, dwi'n gwybod fy mod i wedi gwneud pethau na ddylwn i ~~efallai~~ fod wedi'u gwneud ac wedi dweud pethau na ddylwn i ~~efallai~~ fod wedi'u dweud. Ond dydy pethau ddim wastad wedi bod yn hawdd yma. Mae Amma'n dweud dy fod ti'n gwybod popeth... felly mae'n RHAID dy fod ti'n gwybod pa mor sori ydw i. Do'n i ddim wedi bwriadu i bethau fod fel hyn, ac rŵan dwi'n meddwl efallai na wneith Affa fyth siarad efo fi eto. Felly mae gen i dri dymuniad ar ôl, dim ond tri:

1. Wna i byth wneud dim byd fel hyn BYTH eto. Jest plis gwna bopeth yn well eto.

2. Plis dyweda wrth Nanu, Amma ac Affa am beidio â fy lladd i. Dwi'n hoffi byw efo nhw'n fawr iawn, ac ar wahân i Aadam, does gen i neb arall.

3. Plis gwna Affa'n hapus eto a chadwa hi'n hapus o hyd. Dim ond hynny dwi'i eisiau. Dim ond hynny dwi'i eisiau am byth (y rhan fwyaf o'r amser).

4. Ac un peth bach arall: gwna'n siŵr bod Affa'n dal i 'ngharu i.

Amen.

Rowliais y mat gweddïo a'i gadw, diffodd y golau nos, a dringo yn ôl i'r gwely.

Ro'n i'n gwybod bod gan Dduw wastad filiwn o bethau ar ei Restr o Bethau i'w Gwneud, ond ro'n i wir yn gobeithio ei fod O yn gwrando arna i heno.

PENNOD PUM DEG CHWECH

TAP-TAP.

Dim ond tri o bobl a allai fod y tu allan i ddrws fy stafell wely: Nanu, Amma ac Affa. Do'n i ddim yn siŵr pa un oedd waethaf.

Anadlais yn ddwfn. Gallwn i wneud hyn... Ro'n i'n barod amdani – mor barod ag y byddwn i byth (sef ddim yn barod iawn, pan feddyliais i'n ofalus am y peth). A finnau heb gael dim cwsg, a heb ddim clem beth i'w ddweud na'i wneud, gafaelais yn dynn yn fy nghlustog a gwrando'n astud am yr ychydig eiriau nesaf. Y geiriau yma fyddai'n penderfynu 'nhynged.

Y diwedd gorau posib fyddai'r Gic Gosb Eithaf. Soniodd Affa am y peth flynyddoedd maith yn ôl. Dywedodd hi mai dyma'r gosb waethaf y gallai rhywun ei hwynebu yn y bywyd hwn. Fyddai wynebu Eithaf, pwy bynnag oedd hwnnw, mewn ciciau o'r smotyn ddim yn hawdd. Mae'n siŵr ei fod o wedi bod wrthi'n ymarfer ers blynyddoedd, a dewisodd ein tîm ysgol ni hogyn Blwyddyn 3 o fy mlaen i yn y treialon llynedd! (DIWEDDARIAD: Mae Affa wedi esbonio wrtha i beth ydy gwir ystyr y Gosb Eithaf (heb y Gic). Mae fy syniad i'n un llawer gwell.)

Y diwedd gwaethaf fyddai pacio fy magiau a mynd i Fangladesh dros weddill yr haf AR FY MHEN FY HUN er mwyn dysgu ychydig o 'wersi bywyd'. Yn ôl y sôn, fyddai'r carcharorion oedd yn cael eu hanfon i ffwrdd fyth yn dod yn ôl. **GYLP** ANFERTH.

TAP-TAP.

O! Dylwn i fod wedi dweud rhywbeth. Meddylia'n gyflym, Yusuf! Meddylia'n gyflymach! Rhywbeth cwrtais, byr, caredig, dim gormod ond dim rhy ychydig. Rhywbeth a fyddai'n golygu 'PLIS PAID Â FY LLADD I' yn y ffordd fwyaf clên bosibl a 'FI YDY DY *FABA* CARIADUS DI O HYD', a hynny'n union yr un pryd.

TAP-TAP.

Em... em... DYWEDA RYWBETH! UNRHYW BETH!

Arhoswch, mi wn i! Byddai hwn yn berffaith!

Pam na feddyliais i am hyn ynghynt?

Gafaelais yn fy mysedd yn dynnach a cheisio gwneud i mi fy hun swnio'n fwy hyderus.

Anadl ddofn.

Ac eto.

Ac unwaith eto.

Dim ond un cyfle oedd gen i. Allwn i ddim gwneud llanast ohoni.

Roedd hyn yn rhy bwysig.

Cliriais fy ngwddw ac eistedd yn dalsyth ar y gobennydd.

Un.

Dau.

Tri.

"He— helô?"

O Dduw! Rhy grynedig. Efallai y dylwn i roi cynnig arall arni.

"Yusuf Ali Khan."

Rhy hwyr.

"I lawr grisiau. Yr eiliad yma." Dywedodd Amma hynny'n gadarn o ochr arall y drws, ac yna diflannodd sŵn ei thraed.

Bydden nhw i gyd yno. Yn y gegin.

Yn aros.

I lamu.

PENNOD PUM DEG SAITH

Roedd aroglau *sana biran* yn llenwi'r gegin. Roedd hi'n teimlo fel tasai'r nionod oedd yn ffrio, y sbeisys cymysg a'r holl ffacbys yn dawnsio efo'i gilydd mewn parti anweledig ac yn cael sbort mawr hebdda i. Roedden nhw'n amlwg yn cael hwyl efo'r *kisuri*. Roedd Amma wedi tywallt peth i bowlen efo'r *biran* ac wedi'i roi yng nghanol y bwrdd wrth ochr Nanu. Dim ond adeg Ramadan y bydden ni'n cael *kisuri* a *sana*, neu pan fyddai rhywun yn sâl. Rhywbeth arbennig i'r ddau achlysur yna oedden nhw. Drwy fy oes, allwn i ddim cofio ei gael o gwbl heblaw am hynny. Dim ond un esboniad oedd dros hyn: mae'n rhaid mai trap oedd o.

Chwiliais drwy'r stafell am Affa, gan edrych i weld a oedd hi'n cuddio yn y popty neu'r oergell (neu yn y bin reis, yn y stafell storio, o dan y popty, yn y cwpwrdd sbeisys, tu ôl i'r peiriant golchi dillad, uwchben y peiriant sychu dillad, neu yn y bowlen salad). Pan oedd y llwybr yn glir, camais yn ddyfnach i ddyfnderoedd y gegin.

"Bwyta," meddai Amma, gan bwyntio at y bowlen o hyfrydwch amheus. Roedd ei breichledau aur hi'n tincial.

Ai rhybudd oedd hwn, tybed?

Heb ddewis ond eistedd yn y gadair gyferbyn â Nanu, tynnais y bowlen yn nes ata i. Gwichiodd honno wrth groesi'r bwrdd. Crychodd Nanu ei haeliau a sugno llymaid o'r te ffres roedd Amma wedi'i roi o'i blaen hi.

Yn araf, codais y llwy a chymryd fy nghegaid cyntaf. Roedd o'n blasu fel... fel... unrhyw beth heblaw am wenwyn. Roedd o'n blasu fel brecwast Jannah fan hyn ar y Ddaear. Llyncais gegaid arall, gan ofalu nad oedd gwenwyn wedi'i chwistrellu yn y canol lle na fyddwn i'n sylwi arno. Ar ôl archwilio'n drwyadl, llyncais y cegaid nesaf.

"Bwyta'n gynt!" cyfarthodd Nanu, a bron i fi neidio o fy sedd. Cododd hi ei llwy de'n fygythiol.

Nodiais yn gyflym, gan stwffio'r llwyeidiau i 'ngheg a chnoi cyn gynted ag y gallwn i. Dihangodd rhywfaint o'r *kisuri* o 'ngheg a diferu yn ôl i'r bowlen. Paratois i gymryd pedair llwyaid arall, ond byddai'r morglawdd yn byrstio os nad oeddwn i'n ofalus.

Codais fy llwy eto, gan baratoi, ond yn sydyn ffrwydrodd pesychiad o 'ngheg.

SBLAT!

Ble'r aeth hwnna? BLE'R AETH HWNNA?!

Codais fy mhen yn araf, gan weddïo.

PLIS, DDUW, PLIS! DWI'N ERFYN ARNAT TI!

Sbeciais dros dop fy sbectols a dyna lle'r oedd o – fy mrecwast – dros sbectols perffaith lân Nanu. Gwasgodd hithau ei gwefusau at ei gilydd a sychu'i thalcen. Rywsut roedd y bwyd wedi llwyddo i gropian i lawr ei hwyneb hi hefyd.

"Arhoswch, Nanu. Gadewch i fi eich helpu chi!"

Dyna oedd y peth iawn i'w wneud – yndê? YNDÊ? Roedd angen i fi lanhau fy llanast a helpu. HELPA,

YUSUF! HELPA'R EILIAD YMA!

Deifiais am y lliain o'i blaen, gan wneud i fy mhowlen frecwast droelli dros y bwrdd a hedfan yn syth i mewn i de poeth Nanu, cyn syrthio'n bendramwnwgl dros ei glin.

Digwyddodd gormod o bethau yn union yr un pryd.

Wrth i fi weiddi **"NANUUUUUUUUUUUUUU,"** fel uwcharwr, hedfanodd Amma tuag ati a rhoi hergwd i'r baned o de o'r ffordd cyn iddi daro Nanu. Rhoddodd Nanu gri a saethu ar ei thraed yn gynt na chwningen yn gweld llew. Roedd ei sbectols budron bellach yn ei dallu, a'r bowlen frecwast dros ei glin. Glaniodd y cwpan te, druan, sef hoff un Nanu, yr un gwyn arbennig o IKEA, ar y llawr gan dorri'n deilchion.

HEDDWCH I LWCH y cwpan te. A chyn bo hir, heddwch i fy llwch innau.

PENNOD PUM DEG WYTH

Ar ôl i Amma lanhau'r llawr, ar ôl i Nanu lanhau ei sbectols, ac ar ôl i finnau lanhau fy llanast, dyma ni'n tri'n eistedd wrth y bwrdd ac yn aros. Allwn i'n sicr ddim mynd gyntaf, felly gadewais i Nanu ac Amma, dros eu paneidiau ffres o de, benderfynu pwy fyddai.

Llymeitiodd y ddwy o'u cwpanau'n ara deg. Roedd cwpan Nanu'n crynu weithiau, gan nad oedd hi wedi arfer yfed o ddim heblaw am ei chwpan fach arferol.

"Yusuf," dechreuodd Amma o'r diwedd, gan rwbio'i llygaid. Allwn i ddim hyd yn oed wynebu ei hateb hi.

Dyma ni. Roedd fy nghalon i'n paratoi am fabolgampau'n barod. Roedd hi'n ceisio SAETHU o fy asennau gyda phob chwinciad oedd yn pasio.

"Pam wnest ti hyn, *baba*?" Roedd hi'n siarad yn dyner iawn, fel taswn i'n sâl.

Efallai mai i fi oedd y *kisuri* a'r *sana* wedi'r cyfan. Efallai 'mod i'n sâl go iawn. Po fwyaf y meddyliwn i am y peth, mwyaf roedd hi'n teimlo felly. Roedd fy nghroen i ar dân! Roedd fy llygaid wastad yn diferu, ac roedd fy ngwddw fel tasai o'n fy nal i mewn trap! Pam na sylwais i ar hyn o'r blaen?

Edrychodd Amma i fyw fy llygaid i. "Pam wnest ti hyn i dy *affa*?"

Ro'n i'n fud. Roedd yr holl eiriau wedi dianc o fy ymennydd ac ro'n i'n teimlo'n fach iawn eto. Yn bitw.

"Îswff," dechreuodd Nanu. Rhoddodd ei phaned i lawr a thapio bwrdd y gegin. "Pan fydd dy *amma*'n gofyn cwestiwn i ti, ateba hi."

Nodiais. "Do'n i ddim yn trio, Nanu. Amma, ar fy marw, do'n i ddim. Mae'n rhaid i chi 'nghredu fi. Ond Affa ddywedodd ei bod hi'n gadael ac mai fi fyddai dyn y tŷ bellach ac wedyn mi gwglais i beth oedd dyn y tŷ ac mi oedd y rhestr yn ddi-ben-draw, ond mi wnes i drio fy ngorau glas, a dim ond £87.21 oedd gen i yn fy nghadw-mi-gei, ac mi wnaeth Nanu fy nychryn i ac wedyn —" ac wedyn mi ddywedais i bopeth wrthyn nhw. Pob un manylyn bach oedd wedi digwydd o'r dechrau hyd at y diwedd un. Wrth i bob gair dywallt o 'ngheg, ac wrth i Nanu ac Amma geisio cuddio sawl gwên, ro'n i'n dechrau teimlo'n well. YN WELL O LAWER. Yn well fel SPIDERMAN MILES MORALES ANSBARADIGAETHUS ei hun. Pam na feddyliais i am hyn ynghynt? Roedd hwn yn gynllun athrylithgar! PAM OEDDWN I EISIAU YMOSOD ARNYN NHW GYDA CHWTSHYS RŴAN?

Rhywun i fy nal i yn ôl!

"Felly roeddet ti i mewn yn y ffrog briodas?" gofynnodd Amma pan ddywedais i 'Y Diwedd'. "Dim syndod ei bod hi mor drwm. Pryd est ti mor drwm?"

"Yr holl samosas cyw iâr," meddai Nanu wedyn, gan chwifio ei dwylo. "Maen nhw'n gweithio o'r diwedd. Ond dydy hwn ddim yn ddigon trwm yn fy marn i." Cipiodd hi fy mraich a'i chodi yn yr awyr, gan brocio 'nghyhyrau pitw. "Does yna ddim digon i'w garu fan hyn – ddim o gwbl. Alla i ddim rhoi cwtsh i groen ac esgyrn yn fy oedran i, na alla i? Dydy o ddim yn llesol i fi."

Chwarddais a gwingo i ffwrdd. "Oes gennyn ni unrhyw samosas cyw iâr ar ôl?" CAMGYMERIAD. CAMGYMERIAD! STOP! STOP!

Plygodd Amma ei breichiau'n dynn a llygadrythu arna i eto.

"Samosas cyw iâr ar ôl i Affa gan ei bod hi'n gadael cyn bo hir?" Diolch byth! Dyna fi wedi achub y sefyllfa!

"Go lew." Dywedodd hi hynny dan wenu, a'i thrwyn hi'n crychu. Roedd hwnnw'n arwydd da. "Wyddost ti, Yusuf, alli di ddim stopio'r briodas yma."

"Dwi'n gwybod." Bechod ei bod hi wedi cymryd haf cyfan i fi sylweddoli hynny.

"Mae Umar yn ddyn da ac mae dy *affa* di'n hapus iawn. Mae'n rhaid i ni adael iddi symud ymlaen, hyd yn oed os bydd hi'n symud allan. Ydy hynny'n gwneud synnwyr?"

Nodiais.

"Ond Nanu, rydach chi'n mynd hefyd."

Gafaelodd Nanu yn fy llaw. Roedd ei bysedd hi fel brigau bach main. "Mae'n rhaid i bawb fynd ryw ddydd, *beta*. Mae marwolaeth yn rhan o fywyd. Cyn belled â dy fod ti'n gweddïo dros dy Nanu, mi fydd popeth yn iawn."

ARHOSWCH FUNUD!

BE GEBYST?

DOEDD HYN DDIM YN DIGWYDD!

DOEDD HYN DDIM YN DIGWYDD!

"Nanu, naaaaaaaaaaaaaaaaaaaaaa. Na na na na na!" Cipiais ei dwy law a'u hysgwyd nhw'n wyllt. "Rydach chi'n marw, Nanu?"

"Ydw, *beta*. Bob diwrnod, bob tymor sy'n pasio, bob moment sy'n mynd heibio —"

"DDYWEDODD NEB WRTHA I EI BOD HI'N MARW!" Llamais o fy sedd. Sut gallai Affa hyd yn oed feddwl am briodi pan oedd hyn yn digwydd? Ble oedd ei chalon hi?

"Yusuf, taw! Dydy dy Nanu ddim yn marw." Tynnodd

Amma fi yn ôl i'r gadair, gan nad oedd plannu ewinedd fy nhraed yn llawr y gegin wedi gweithio.

"Ond mae hi newydd ddweud —"

"Îswff, dwi ddim yn marw yr eiliad yma. Ro'n i'n golygu —"

"Ond mi ddywedoch chi —"

"Digon!" cododd Amma ei llais, gan ein tawelu ni'n dau. "Mae dy *affa* di'n gadael ac mae dy Nanu'n aros efo ni tan y bydd marwolaeth yn ein gwahanu ni. Iawn?"

"O, wel mi ddylech chi fod wedi dweud hynny."

"A beth bynnag, er bod dy *affa* di'n gadael, fan hyn fydd ei chartref hi o hyd." Cymerodd Amma lymaid arall o'i the. "Mae hi wedi gwneud mwy nag y dylai hi droson ni, ac mae'n bryd iddi wneud rhywbeth drosti hi'i hun."

"Felly dydyn ni ddim yn ei cholli hi?"

"Nac ydan, *beta*." Ysgydwodd Nanu ei phen. "Mi fydd pethau'n wahanol, ond dydy hynny ddim yn beth drwg. Mae newid yn beth da."

"Mae ein teulu ni'n tyfu, Yusuf." Mwythodd Amma fy ngwallt. "Mi fydd gennyn ni lawer mwy o bobl i'w caru, dyna i gyd. Iawn, *baba*?" Nodiais. "Dwi'n meddwl ein bod ni angen cwtsh mawr."

CYFRAITH CWTSH. Ewch i ymchwilio.

Gafaelais yn dynn yn y ddwy, gan geisio peidio â mygu ar yr un pryd. Roedden nhw'n arogli fel te a *gwa fan* ac adre.

PENNOD PUM DEG NAW

Dim ond un peth oedd gen i i'w wneud. Un peth (ANFERTH): ymddiheuro wrth Affa.

Gyda phecyn o Jaffas (dim ond wedi hanner eu bwyta), ychydig o *kisuri* a *sana* (ar ôl llowcio tri chegaid) a samosa cyw iâr (o'r gorau, y briwsion yn unig), brasgamais at ddrws Affa. Roedd hi'n bryd troi'n Batboy am y tro olaf. Roedd y cynllun yn un gwych. Byddwn i'n curo'n ysgafn ar y drws ac yn dweud, '*Affa-moni*, os gwelwch yn dda ga i ddod i mewn?' Byddwn i wedyn yn edrych i fyw ei llygaid hi heb unrhyw fraw, yn union fel y byddai dyn y tŷ yn siŵr o wneud, ac yn dweud, 'Os gweli di'n dda. Hoffwn ofyn am dy faddeuant, plis.'

Ro'n i mor barod ag y byddwn i byth.

Rhois y bwyd i lawr ar y carped a cheisio tawelu'r gwenyn oedd yn suo yn fy stumog.

"Shhhh!" rhybuddiais i nhw.

Gan anwybyddu'r twrw mawr yn fy nghlustiau a'r pwnio yn fy mrest, tapiais yn ysgafn ar y drws.

"Helô?" cwaciodd Affa o'r tu mewn.

CYNLLUN NEWYDD: doedd dim ffordd yn y byd y gallwn i wneud hyn. Gwibiais yn syth i fy llofft a phwyso yn erbyn y drws, gan geisio fy ngorau glas i gadw 'nghalon yn lle dylai hi fod. Beth ddaeth dros fy mhen i? Roedd y lle fel nyth nadroedd. Taswn i'n cerdded i mewn i'r trap yna, doedd dim ffordd dan haul y byddwn i'n dod oddi yno'n fyw.

Gwichiodd Affa wrth i dincial llwy grafu'r bowlen. "AFIACH! Bysedd fy nhraed i!"

O diar.

TAP-TAP.

Anwybydda fo.

TAP-TAP.

Byddai'n diflannu.

"Yusuf?"

"Dydy o ddim yma."

PWY DDYWEDODD HYNNY? PWY AR WYNEB Y DDAEAR DDYWEDODD HYNNY?

"Yusuf, dwi'n gallu dy glywed di."

"Nac wyt, dwyt ti ddim." Pam bod fy ngheg i'n symud heb fy nghaniatâd?!

"Gad i fi ddod i mewn, wnei di?" Ceisiodd Affa droi handlen y drws. "Wna i ddim dy grogi di."

"Na 'moddi fi?" Roedd yn rhaid i fi wneud yn siŵr.

"Na dy foddi di."

"Na 'nhaflu fi drwy'r ffenest?"

"Was, os nad wyt ti'n agor y drws yma, fydd cael dy

daflu drwy'r ffenest yn ddim byd."

"Gad i fi feddwl am y peth." Bydd yn cŵl. Bydd yn cŵl. Bydd fel Yasin Bhaiyyah. Roedd pawb yn ei hoffi fo, yn doedden nhw? Fel, 'Iow, saff i ti, mêt, maddau i fi, ia? Ti efo fi?'

Gallwn i wneud hyn.

"AGOR Y DRWS YR EILIAD YMA, YUSUF ALI KHAN, NEU MI LADDA I DI FY HUN!"

Gwthiais yn galetach yn erbyn y drws. "Ar un amod."

"BE?"

"*Wudhu* i ddechrau," gwaeddais, gan afael yn dynn yn yr handlen.

Ystyr *wudhu* ydy sblasio dŵr drosoch chi'ch hun i sicrhau eich bod chi wedi llonyddu ac yn lân ac yn barod i weddïo. Yn sicr, roedd angen i Affa lonyddu a bod yn llai parod i ladd yr eiliad yma.

"Be rŵan?"

"*Wudhu* yn gyntaf, iawn? Mae angen i ti lonyddu. Dwi eisiau siarad efo ti, ddim efo Shaytaan, diolch yn fawr. Elli di fynd i ymolchi yn y sinc? Plis."

Gollyngodd Affa yr handlen yr ochr arall. "Ti fydd fy niwedd i, Yusuf Ali Khan, wyt ti'n gwybod hynny?"

"Mi fydd hi'n ddiwedd ar bawb ryw ddydd, Affa. Mae marwolaeth yn rhan o fywyd. Cyn belled â 'mod i'n gweddïo drosot ti, mi fydd popeth yn iawn."

"AAAA!"

Synhwyrais yn bry-coplyd ei bod hi wedi symud i ffwrdd ac wedi mynd i'r stafell ymolchi.

Dyna ni. Dwi'n dysgu'n barod.

PENNOD CHWE DEG

TAP-TAP.

Yr ail waith.

Ro'n i'n eistedd ar y gwely'n gwisgo fy sbectols haul, yn edrych yn cŵl ac yn bwerus. Doedd gen i ddim clem ble oedd y menyg bocsio Hulk Smash Hands, felly gwisgais fy sanau ymarfer corff yn lle hynny. Peidiwch â phoeni – roedden nhw wedi cael eu golchi.

"Tyrd i mewn, fy ffrind bach," meddwn i yn fy llais ysbïwr-ddihiryn gorau. Siglais fy mys, gan fod pob dihiryn yn siglo'i fys.

Swingiodd y drws ar agor a daeth Affa i mewn yn ara deg. Roedd ei llygaid hi'n goch ac wedi chwyddo, a'i phyjamas hi'n edrych fel tasen nhw'n wlyb socian.

"Mae gen i glefyd y gwair drwg," meddai hi, gan bigo'i hamrannau. "Mae o'n ofnadwy o gas ar y funud." Roedd ei llais hi'n dew ac yn snotlyd.

Bydd yn cŵl. Bydd yn cŵl. Fel, 'Iow, saff i ti, mêt, maddau i fi, ia? Ti efo fi?'

"DWI MOR SORI, AFFA! Do'n i ddim yn trio bod yn frawd mor wael. Dwi'n mynd i dy golli di cymaint a dwi ddim eisiau i ti fynd!"

Clepiais fy nyrnau ar y llawr (pryd wnes i syrthio ar fy ngliniau?).

"Plis maddau i fi. Plis, plis, plis. Dwi'n erfyn arnat ti! DWI'N ERFYN ARNAT TI!"

"Dal funud. Ara deg. Stopia gyffwrdd bysedd fy nhraed."

"OND MAEN NHW'N HURT O HIR!" criais, gan anwesu bawd ei throed efo'r hosan. "DWI'N MYND I'W COLLI NHW!"

Ar ôl iddi fethu fy llusgo i oddi arni, syrthiodd Affa i'r llawr hefyd, gan eistedd a'i choesau wedi'u croesi. Tynnodd fi i fyny. "Dwi'n maddau i ti, was. Ti'n gwybod fy mod i, yn dwyt? Dwi wastad yn gwneud."

Symudodd Affa i'r ochr er mwyn i ni'n dau allu pwyso

yn ôl ar y wardrob.

"Dwi ddim yn meddwl y galla i fod yn ddyn y tŷ. Alla i ddim bod yn ti, Affa." Dyna ni. Ro'n i wedi'i ddweud o. "Mae bod yn arwr drwy'r amser yn ANODD."

Chwarddodd hi a gwasgu fy ysgwydd. "Dydy bob arwr ddim yn gwisgo clogyn, wyddost ti. Does ganddyn nhw i gyd ddim pwerau, Hulk Smash Hands na gajets." Pwyntiodd at fy sanau.

"Ie, ond does gen i ddim arian chwaith. Sut fyddwn ni'n talu'r biliau neu'n mynd ar dripiau ysgol neu'n prynu Jaffa Cakes? Dwi'n hogyn ar fy mhrifiant. Dwi angen fy fitaminau."

"Paid â phoeni. Yusuf." Gwasgodd hi fi eto. "Dydy bod yn ddyn y tŷ yn ddim byd i'w wneud efo arian na biliau na dim byd felly. Mae'n golygu bod yma. Yn fan hyn."

"Yn yr union le yma?" Beth taswn i eisiau mynd i'r tŷ bach?

"*Duroh*."

Dwi ddim yn siŵr beth ydy ystyr y gair yma. Dwi ddim yn meddwl fod neb yn gwybod.

Ysgydwodd hi ei phen a chwerthin. "Wrth gwrs y cei di symud, y ffŵl. Yr unig beth mae o'n ei olygu ydy trio meddwl am bobl heblaw ti dy hun. Siarada efo dy Nanu, gofyn iddi sut ddiwrnod mae hi wedi'i gael. Ydy hi wedi bwyta? Gofyn i Amma ydy hi'n iawn, ydy hi angen unrhyw help. Fydd hi ddim, ond dyna'r cyfan mae o'n ei olygu. Dydy o ddim yn golygu gwneud popeth. Mae o'n golygu gwneud ymdrech, dyna i gyd. Ydy hynny'n gwneud synnwyr? Gwneud pethau drostyn nhw, fel bysen nhw'n ei wneud i ti."

Nodiais. "Efallai fod dyddiau Batboy drosodd felly. Roedden nhw'n rhai anodd."

"Bydd yn Yusuf, dyna i gyd," meddai Affa, gan fwytho fy ngwallt. "Wel, yn Yusuf caredig sy'n helpu. Ti efo fi, mêt?"

"Dwi efo ti."

PENNOD CHWE DEG UN

“Felly chest ti ddim dy gosbi?” gofynnodd Aadam, gan symud o’r ffordd i Khala arall basio. Roedden ni’n eistedd ar y chweched ris o’r gwaelod. Doedd dim lle nunlle arall ar y llawr, ac roedd y tŷ cyfan yn llawn dop i’r parti Mehndi. Tasai holl ffenestri’r tŷ ddim ar agor, bydden ni fel sardîns mewn tun.

“Mae Amma’n dweud ei bod hi’n trio meddwl am gosb,” dywedais, gan wasgu’n fflat yn erbyn y wal i wneud lle i Rabia Affa basio. Roedd ei haeliau hi’n awgrymu nad oedd hi’n hapus, a do’n i ddim eisiau bod yn y ffordd wrth iddi frasgamu i lawr y grisiau yn ei *sari* cactws. Ro’n i’n sicr wedi dysgu fy ngwers mewn ffordd galed. Roedd angen bod yn wyliadwrus o ferched pwysig. “Gobeithio y gwneith hi anghofio.”

“Mi ddywedais i ei fod o’n syniad gwael.” Bachodd ddau samosa o bowlen a oedd yn cael ei phasio o amgylch, a rhoi un i mi.

“Dy syniad di oedd o!”

Rhoddodd Nayma Affa y samosas yn ôl i ni. Roedd hi’n gwisgo ffrog oren lachar ac yn edrych ychydig bach fel *jalebi*.

Siwgr oren siâp troell wedi'i ffrio'n ddwfn ydy *jalebi*, a hwnnw wedi'i foddi mewn surop (HYNOD O FLASUS).

"Allwch chi wneud yn siŵr bod Amina, Aneesah, Aisha, Samiyah, Shajeea, Sairah a'r gweddill yn cael un?" galwodd uwchben y twrw. "Pasiwch nhw yn ôl. Gadewch un i Hidayah a Maryam hefyd."

"Gobeithio y bydd hi'n anghofio, yndê?" Trodd at y llwybr o bobl fach tu ôl i ni. Roedd yna naw ohonyn nhw'n taflu balŵns oddi ar ei gilydd ac yn sgrechian. Plant yr oes yma. Roedden nhw mor blentynnaidd, yn gweiddi byth a hefyd. Prin y gallwn i glywed fy hun yn meddwl.

"HEI, BLANTOS BACH!" gwaeddodd Aadam nerth esgyrn ei ben, gan wneud i fi ddychryn am fy mywyd. "CYMRWCH EICH SAMOSAS NEU DWI AM EU BWYTA NHW I GYD!"

Fferrodd pawb a syllu ar y bowlen yn llwgly d. Allai hyn ddim bod yn beth da.

"Fi, fi, fi!" medden nhw, gan ddechrau llafarganu fel pobl wallgof.

"Rho'r bowlen ar dop y grisiau!" Gwthiais Aadam yn ei flaen. "Brysia! Cyn iddyn nhw dy fwyta di hefyd!"

A dim ond eiliad yn sbâr, cyrhaeddodd y bowlen o samosas chwyrlïog y llawr bwydo, ac mewn dim roedd y bwystfilod bach wedi'u llyncu nhw i gyd.

"Ffiw," meddwn i, gan rythu ar y briwsion roedden nhw wedi'u gadael ar ôl. "Roedd hynny'n agos."

"Yn rhy agos."

Ceision ni eistedd yn ôl ar ein gris, ond roedd rhywun wedi dwyn ein lle ni.

"Os ti'n symud ti'n colli dy le," meddai Nazifa Affa, heb godi'i phen o'i ffôn. Rhoddodd ei chlustffonau i mewn o dan ei sgarff gan esgus nad oedden ni'n bodoli. Roedd Naz Affa, Khala a Khalu wedi dod o Lundain y bore hwnnw. Roedden nhw wedi cychwyn mor gynnar, mae'n siŵr bod Naz Affa wedi bod yn chwyrnu'n barod. Doedd dim ond un peth amdani. Doedd gennyn ni ddim dewis ond eistedd wrth ei thraed hi. Drwy lwc, doedd dim ots ganddi.

"Felly be mae Affa'n mynd i'w wisgo rŵan bod ei ffrog hi wedi'i difetha?" Tynnodd ar goler ei *kurta*. Camgymeriad gwirion: peidiwch byth â chael y rhai â choleri. Ro'n i'n gwybod hynny, hyd yn oed.

"Mae hi'n gwisgo hen *sari* briodas Amma. Mae yna lai o ddanadl aur, felly mae'n siŵr nad ydy honna'n brifo cymaint."

"Wrth gwrs," meddai Aadam gan godi'i ben. "Anghofiais i fod dy fam wedi priodi unwaith."

"A finnau hefyd," meddwn i gan godi i fynd i chwilio am Affa. Do'n i ddim yn hoffi dweud celwydd.

PENNOD CHWE DEG DAU

Cymerodd hi OES i ddod o hyd i Affa yn ein drysfa o dŷ. Chwiliais i ym mhobman – ddwywaith! Ceisiais hyd yn oed gyfrif faint o bobl oedd wedi'u gwasgu i mewn rhwng y waliau bychan bach, ond bob tro ro'n i'n credu 'mod i wedi gorffen cyfri mewn stafell, byddai mwy o bobl yn dod i mewn. Doedd dim pwynt. A beth bynnag, byddai'n rhaid cyfri am byth fel roedd pethau.

DING-DONG!

Pwy oedd yn defnyddio cloch drws mewn parti Mehndi? Do'n i ddim yn gwybod bod pobl yn gwneud hynny.

Agorais y drws, ond Ms Hawys oedd yno. Roedd ei chroen hi'n goch llachar, ac roedd hi'n gwisgo crys-T efo'r geiriau 'YMA O HYD' arno. Roedd hi'n sicr yma o hyd os oedd hi'n sefyll o fy mlaen i. Pam oedd angen dweud hynny wrth bawb?

"'Dach chi 'nôl! Gawsoch chi wyliau da?" gofynnais, yn chwilio am Pysen. Ar hyn o bryd, gallai *shih tzu* pitw achosi problem ANFERTH, yn enwedig os oedd Aadam o gwmpas.

"Hidia befo am fy ngwyliau i!" meddai hi, gan bwyntio ei bys fel dynes wyllt at geir Khalu a Rabia Affa. "Chi biau'r rhain?"

Dilynais ei bys eto. Roedd hwnnw'n ceisio trywanu'r pedwar ar ddeg o geir oedd eisoes wedi glanio ar ein stryd.

"Na, sori," meddwn i dan ysgwyd fy mhen. Pam fyddai bachgen 9 ¾ oed yn gyrru? Oedd hynny ddim yn erbyn y gyfraith? Roedd hi'n mynd o'i cho go iawn.

"Wrth gwrs mai chi sydd biau nhw!" Stampiodd hi yn yr unfan deirgwaith. Bron fy mod innau eisiau gwneud hynny hefyd. "Pam wyt ti'n gwadu?"

"Be 'dach chi'n feddwl, 'pam dwi'n gwadu'? Ddim fi biau nhw, dwi'n addo." Ceisiais gau'r drws, ond rhoddodd ei throed yn y ffordd.

"Dyna ni!" Roedd hi'n swnio fel athrawes flin. "Gad i fi siarad efo dy dad. Dos i'w nôl o!"

"Dydy o ddim yma chwaith," meddwn i, gan geisio gwthio'i thraed i ffwrdd efo'r drws. Roedd yn rhaid i fi wneud hynny deirgwaith cyn iddi ddechrau symud. "O'r gorau, diolch. Galwch eto."

Ffiw. Rŵan, ble ro'n i?

DING-DONG!

"Ms Hawys — O."

Dim hi a'i thymer oedd yno y tro yma. Dynes wyn arall, mewn ffrog hafaidd felen.

"Ddim fy ngheir i ydyn nhw," esboniais, gan ei chwifio hi i ffwrdd.

"Sori?" Edrychodd o amgylch y stryd. "Pa geir?"

Cyn i fi allu dweud gair arall, taranodd llais Tariq Bhai dros yr ardd. "Hei, hei, boi. Ti'n iawn? Ti wedi tyfu!" Chwaraeodd â'r sbeics draenog yn ei wallt a dal ei ddwrn allan i gyffwrdd fy nwrn i wrth ddod i mewn. "Ble mae fy manars i? Dyma dy *bhabi* di," meddai, a phwyntio at y ffrog hafaidd. "Dwn i ddim glywaist ti, ond mi briodais i sbel yn ôl."

Clywed? Ches i ddim gwahoddiad i'r briodas, hyd yn oed. Ro'n i wedi clywed yn iawn. Yn union fel y byddai o wedi clywed fy stumog i'n gwneud twrw.

"Ond... pam eich bod chi'n wyn?" gofynnais i Bhabi.

Dechreuodd hi chwerthin dros bob man, a'i llygaid glas yn bownsio ar yr un pryd.

"Yusuf, was. Dwi wedi gweld dy eisiau di." Rhoddodd Tariq Bhai goflaid anferth i mi, nes fy ngwasgu i farwolaeth, bron iawn. "Mae teulu'n dod ym mhob lliw a llun, was. Rŵan, ble mae'r ddarpar briodferch?"

Yr eiliad honno, fel tasai gweddïau Bhai yn cael eu hateb, daeth bloedd fawr o gymeradwyaeth o'r stafell fyw. Roedd y clapio yn y tŷ'n swnio fel taranau wrth i Tariq Bhai ein harwain i mewn i'r stafell.

Roedd Affa yno, yn eistedd ar y llawr, ac yn edrych fel lemwn melyn yn ei ffrog fawr. Roedd pysgodyn crimp ANFERTH, a dwi'n golygu ANFERTH, ar hambwrdd metal o'i blaen hi.

O gwmpas y pysgodyn, gorweddai tatws Bombay sbeislyd, corgimychiaid blasus, darnau bach o bysgod masala, darnau troellog, chwyrlïog o giwcymbyr, a phob math o bethau danteithiol eraill.

"Ti'n edrych yn anhygoel," dywedais wrth y pysgodyn. Roedd hynny'n wir. Roedd o'n edrych yn gwbl anhygoel. Ai dyma beth ydy gwir gariad?

"Oooooo, Yusuf," meddai Bhabi, gan glapio nes bod ei breichledau'n tincial. "Am garedig!"

"Na, paid â chyffroi," meddai Tariq Bhai. "Siarad efo'r pysgodyn mae o."

"Be?" Doedd hi ddim i'w gweld yn deall.

"Dewch," meddai Affa, gan daro'r llawr. "Dewch i ni fwyta."

Aeth Rabia Affa, Nayma Affa, yr holl Khalas, ein cefndryd, fy *bhabi* newydd a'r gweddill ohonon ni ati i fwydo Affa. Roedd cynifer o fysedd yn tynnu ar ddarnau o'r pysgodyn, roedd hi weithiau'n anodd gwybod pa ddwylo oedd fy rhai i. Dim ond wrth siglo fy mraich y gallwn i wybod yn iawn.

"Dyweda *bismillah*, Yusuf," meddai hi, gan stwffio brechdan tatws Bombay a chorgimwch mawr yn fy ngheg.

Dwi wastad yn dweud hyn cyn bwyta popeth. Mae'n golygu 'yn enw Duw'.

PENNOD CHWE DEG TRI

Roedd hi'n berfedd nos a'r llenni wedi'u cau'n dynn. Roedd y cloc eisoes wedi hen basio amser gwely ac roedd Affa wedi troi'n sydyn yn wyddonydd gwyllt. Roedd ei gwallt hi'n flêr ac yn llanast, ei bochau hi'n goch llachar, ac roedd hi'n gwneud twrw tawel fel samosa'n ffrio. Tasen ni'n gwneud mwy o sŵn, bydden ni'n deffro'r wyth o gysgwyr eraill oedd yn chwyrnu'n braf. Gan mai Rabia Affa oedd un ohonyn nhw – ac roedd hi'n HYNOD o ddrwg ei thymer, hyd yn oed pan oedd hi'n effro – doedden ni ddim eisiau mentro.

Syrthiodd golau'r fflachlamp ar ffôn Affa ar ei wyneb ar y carped gyda thwmp. Dyma ni'n dau'n fferru wrth i Affa ymestyn bandej a finnau'n ceisio sefyll ar un droed. Roedd y chwyrnu wedi stopio ar amrantiad. Allen ni ddim dweud oedden nhw wedi deffro neu beidio. Wrth i'r injan CHAR-SHŴŴŴ ailgychwyn, dyma ryddhau'r anadl nad oeddwn i'n gwybod fy mod i wedi bod yn ei dal, cyn gwylio cysgodion bysedd Affa'n cropian at ei ffôn.

Diolch byth.

"Mi fydda i'n gweld colli hyn," sibrydodd Affa, gan

fy lapio fel mymi. Edrychodd dros fy mhen i weld oedd Nanu'n dal i gysgu ar y gwely. Ar ôl i ni orffen clirio, roedd Nanu wedi ymladd i gael cysgu ar y llawr fel pawb arall. Yn y diwedd, cymerodd Nayma Affa a Nazifa Affa ei ffon gerdded a'i *gwa fan*, gan ei gorfodi hi i fynd â'i chlustogau ei hun efo hi.

"O leiaf fydd hi ddim yn gweiddi arnat ti rhagor," dywedais. "Wnei di ddim gweld colli hynny, na wnei?"

Chwarddodd Affa'n dawel. "Dyna fydda i'n gweld ei golli fwyaf, mae'n siŵr. Roedd Nana mor dawel braf. Tasai o'n fyw heddiw, mi fyddai wedi bod wrth ei fodd efo hyn. Mi fyddai wedi mwynhau'r cyfan. Bechod na chest ti gwrdd â fo."

"Ie, bechod." Codais fy mreichiau er mwyn i Affa allu gwneud fy nghefn yn iawn.

"Roedden nhw'n dîm a hanner. Yn dipyn o dîm. Dwi'n gweld ei golli o. Roedd o'n ei gwneud hi mor hapus er eu bod nhw'n cecru o hyd. Fel Sherlock a Watson."

"A Wallace a Gromit?"

"Nhw hefyd." Sgriwiodd Affa'r caead ar yr eli a'i roi o dan y gwely. "Pan fydd hi'n gweiddi, dydy hi ddim yn gweiddi go iawn. Malio mae hi, dyna i gyd. Mae hi'n poeni am bethau, ond mae hi'n galed hefyd, a dydy hi ddim eisiau i ni fod fel oedd Amma ers talwm. Ti'n deall?"

Nodiais. "Y gwir ydy, Nanu ydy dyn y tŷ, a hi fydd hwnnw wastad."

Chwarddodd Affa eto. "Ti'n iawn."

Ond yn sydyn stopiodd hi yn ei hunfan. Rhewodd ei llygaid. Trois rownd – doedd dim byd yno.

"Affa?" Doedd rhywbeth ddim yn iawn.

Gafaelodd yn ei gwddw'n sydyn fel tasai rhywun yn ymosod arni.

"Affa?" gwichiais.

"W... W... WNES I DY DRYSTIO DI! WNES I DY DRYSTIO DI!" sibrydodd a gweiddi ar yr un pryd. Syrthiodd hi'n glewt ar y llawr, a hedfanodd fy chwerthiniad o 'ngheg cyn i fi allu ei stopio.

CLATSH!

"Pwy wnaeth hynna?!" ebychais, gan geisio dod o hyd i nerth ar ôl cael fy nharo gan rym aruthrol y clustog. Do'n i ddim hyd yn oed yn gwybod bod bodau dynol yn gallu taflu pethau fel yna.

"Oi!" gwaeddodd Rabia Affa. Dim ond Rabia Affa fyddai'n gweiddi arnon ni am ei deffro, a hynny drwy weiddi ei hun a deffro pawb arall. Gafaelodd mewn clustog arall fel tasai'n forthwyl Thor. "Darpar briodferch neu ddim, fory ydy'r diwrnod mawr. Mae angen i ni gysgu. A Yusuf! Stafell y genethod ydy hon!"

"Ond mae yna arogl rhech yn stafell yr hogiau," cwynais. Fy nghynllun oedd aros yma am y nos heb i neb sylwi. "Alla i ddim anadlu yna."

"Dim ots gen i. Dos â dy declyn anadlu efo ti," meddai a thaflu clustog arall ata i. "Dwi'n eich caru chi'ch dau, wir yr. Ond os clywa i un smic arall, dwi am eich colbio chi'ch dau."

"Mi wnaethoch chi hynny'n barod," meddwn i, gan wneud fy ngorau i beidio â thaflu'r clustog yn ôl ati.

Rhaid ei bod hi wedi 'nghlywed i oherwydd mi ddywedodd hi, "Os wyt ti wedi gorffen gwisgo dy fandejes, dos â'r clustog efo ti – dyna'r drws!"

Ac ar hynny, ces i 'nhaflu o'r llofft. Efo'r clustog mewn un llaw, a nunlle i droi, gwnes i wely ar y grisiau, gan weddïo na fyddai neb yn fy nghamgymryd am rolyn o bapur tŷ bach yn y tywyllwch.

PENNOD CHWE DEG PEDWAR

BOBL BACH, ROEDD PAWB YN DIODDE'N DRWM O GLEFYD Y GWAIR Y DIWRNOD HWNNW!

Yusuf, am ddyddiadur haf rhagorol, ac am siwrnai rwyt ti wedi'i chael! Gwaith gwych. Dwi'n edrych ymlaen at ddarllen am dy antur nesaf cyn hir.

Miss Minchell

Pump o bwyntiau'n wobr

PENNOD CHWE DEG PUMP

Roedd bod yn stafell Affa hebddi hi y tro hwn fel teithio mewn amser i rywle, a hwnnw'n lle rhyfedd ar y naw. Roedd hi fel taswn i'n ysbïwr dan y dŵr, yn chwilio am gist drysor fwyaf cyfrinachol y byd, cyn dod i ddeall mai dim ond poster Sali Mali oedd tu mewn. Rŵan bod y briodas drosodd, mae'n siŵr nad oeddwn i'n gwybod beth i'w wneud – o leiaf dim tan y byddai'r ysgol a'r mosg yn ailagor, ac roedd yna wythnos GYFAN tan hynny.

Roedd Amma a Nanu wedi mynd i'r gwely a Khala ac Aadam wedi dweud hwyl fawr gan addo y bydden nhw'n ein gweld ni yn y bore. Felly roedd yr holl dŷ'n dawel ac yn wag, a stafell Affa fel ogof ddistaw. Byddai angen tua saith mlynedd ar Aadam a finnau i ddod o hyd i'r holl drysorau oedd yno. Caeais y llenni a gorwedd ar y llawr, gan esgus bod yn astronot oedd yn nofio yn y gofod. Dywedodd Affa unwaith nad oedd yna ddisgyrchiant yn y gofod, ac nad oedd yna ddim byd i'ch tynnu chi i lawr. Roedd ganddi hi delesgop yng nghanol y llanast yma rywle.

Roedd o'n dal yma, mae'n rhaid?

Cropiais at y gwely lle roedd yr holl bethau roedd hi

wedi anghofio amdanyn nhw. Gan ymestyn fy nwylo dan y gwely, ymbalfalais am y telesgop.

"Mae'n rhaid ei fod o yma'n rhywle."

Dyma dyrchu a thyrchu, ond y cyfan y gwnes i ei ffeindio oedd bocs CAPTAIN AMERICA!

Byth bythoedd! Pam oedd hwn fan hyn?

Roedd tag bach gwyn arno'n dweud, 'I ddyn y tŷ'.

Dim Nanu, siawns? Pam fyddai Captain America ar y bocs os mai bocs Nanu oedd o?

Codais y clawr yn ofalus. Os bocs Nanu oedd o, gallwn i roi selotep yn ôl arno i'w gau.

Tu mewn, roedd llyfr nodiadau bach gwag, gyda lluniau sombis a mymis ar y clawr. A dim unrhyw sombis a mymis, ond MEGA SOMBIS A MYMIS! RHAID mai fy un i oedd o. (A hyd yn oed os ddim, fi ddaeth o hyd iddo.)

Agorais y llyfr ac ar y dudalen gyntaf roedd llun ohona i, Affa, Nanu ac Amma.

O dan y llun, darllenais:

'Mi wnes i sylwi arnat ti'n sgwennu drwy'r haf, Yusuf.
Mae hwn ar gyfer dy antur fawr nesaf di...

Cariad mawr, Affa.'

CYDNABYDDIAETHAU

Un o'r pethau hyfrytaf am stori Yusuf ydy y byddwch chi, wrth agor y tudalennau hyn ac ymgolli yn ei eiriau, yn cael cipolwg bychan iawn ar fy myd i – ac rydw i'n golygu fy holl fyd fan hyn, gan mai teyrnged i fy nheulu ydy'r llyfr yma. Mae'n llawn dop o gymaint o gariad ac atgofion, a chymaint o obaith. Ni sydd yma, a phopeth rydyn ni'n ei gynrychioli. Rydyn ni'n freintiedig iawn, heb os.

I fy rhieni, a roddodd le i ni ei alw'n gartref, rydw i mor ddiolchgar am eich arweiniad, eich cariad a'ch ffydd ddiysgog yn y fenyw yr ydw i bellach, hyd yn oed a finnau weithiau'n brin o'r ffydd honno. I fy chwaer, Smeagol, am fod yn rhan mor fawr o hyn. *Jazakallahu khairan* am gribo drwy bob llinell o fywyd Yusuf – ddwywaith. A diolch bach i Mina hefyd – mae hi'n sicr yn gyfnither i Yusuf mewn bywyd arall rywle. I fy mrawd a fy *bhabi* am fod yno, wastad – gyda bwyd, partïon te prynhawn, a thecawês cyson.

Cariad mawr i fy ewythrod a fy modrybedd sy'n rhan o bob cangen o'n coeden deulu. O'ch herwydd chi y mae gennym ni gymaint o gariad. Dwi'n gweddïo y bydd fy mhlant innau'n cael eu bendithio â'r hyn roesoch chi i ni. I fy mrodyr a fy chwiorydd ehangach – fy nghefndryd a fy nghyfnitherod, sy'n rhoi cynhesrwydd yn fy nghalon – i bob un ohonoch chi, gadewch iddo Ef wastad ein cadw ni'n agos at ein gilydd. Gadewch i ni barhau i roi cryfder i'n gilydd, ac wrth i amser fynd heibio, gadewch i ni barhau i ganfod lloches yn ein cariad at ein gilydd. Ac i Dadhu, sylfaen ein cysylltiadau teuluol a'r ysbrydoliaeth ar gyfer Nanu – fe wnaethoch chi wastad ein cadw ni'n agos at ein gilydd.

I'r Yusuf a'r Aadam go iawn, ac i fy nithoedd a fy neiaint ar ddwy ochr fy nghoeden deulu, gobeithio y byddwch chi'n eich gweld eich hunain yma ac yn gwybod bod gennych chi gymaint o gariad o'ch cwmpas chi. Peidiwch byth ag anghofio hynny.

I fy asiant, Polly Nolan, diolch am wneud Yusuf yn bosibl pan wnest ti. Dyna pryd roedd ei angen o fwyaf arna i. Doeddwn i ddim yn gwybod hynny ar y pryd, dyna i gyd. I fy ngolygydd, Eishar Brar. Hwn oedd y prosiect y breuddwydiais i amdano, a'r stori na wyddwn i y byddwn i'n ei dweud. Does gen i ddim geiriau i ddechrau esbonio cymaint mae'r cyfan wedi'i olygu i mi. Mae cynrychiolaeth mor bwysig, ac mae'n anrhydedd bod yn rhan o dîm Knights Of. Miliwn diolch i chi a llond côl o gariad am ddeall hyn yn ddigwestiwn, gan wybod pa mor bwysig oedd ei rannu â'r byd. I Naz Abdillahi am fy helpu i droi hyn yn rhywbeth mwy ystyrlon, a diolch i Farah Khandaker a Marssaié am ddod â'r stori hon yn fyw.

I Sophie Minchell, fel erioed, am bopeth ac am lawer iawn mwy.

Ac yn olaf i Abdul, am fod yn gartref oddi cartref i mi.

BURHANA ISLAM

Yr awdur

Wedi'i geni yn Bangladesh a'i magu yn Newcastle, mae Burhana Islam ar hyn o bryd yn byw ar gyrion Manceinion. Mae hi'n adroddwraig straeon sy'n frwd dros gyflwyno themâu sy'n ymwneud â threftadaeth, perthyn, hunaniaeth a ffydd yn ei gwaith. Astudiodd Lenyddiaeth Saesneg ym Mhrifysgol Newcastle cyn penderfynu dod yn athrawes ysgol uwchradd, gan rannu'i hoffter o straeon â chenhedlaeth newydd o bobl ifanc, chwilfrydig. LLWYBR LLANAST (MAYHEM MISSION) ydy ei llyfr ffuglen cyntaf i blant, a hi hefyd ydy awdur AMAZING MUSLIMS WHO CHANGED THE WORLD (Puffin, 2020).

FARAH KHANDAKER

Y darlunydd

Darlunydd a dylunydd ydy Farah Khandaker ac mae hi ar hyn o bryd yn byw yn Dhaka, Bangladesh. Enillodd radd meistr gydag anrhydedd o Brifysgol Nottingham Trent gan arbenigo mewn darlunio. Mae hi wedi gweithio ar lyfrau plant, logos a deunydd golygyddol. Mae ei gwaith yn llawn hwyl a difyrrwch, lliwiau llachar, a chymeriadau unigryw.

LLYFRAU GRAFFEG

Mae chwaer hŷn Yusuf yn priodi. Mae o'n edrych ymlaen at y bwyd bendigedig, at gael hwyl gyda'i gefndryd a'i gyfnitherod, ac at yr holl anrhegion ... Ond dydy o DDIM yn barod i gamu i sodlau'i chwaer a throi'n gyfrifol. Dim ond un dewis sydd ganddo: achosi helbul a difetha'r briodas.

BYDDWCH CHI'N CHWERTHIN DROS Y LLE WRTH DDARLLEN LLYFR CYNTAF Y GYFRES DDONIOL, FY HANESION HURT A HYNOD!

RHYNGOM
PLETHU POBL DRWY LYFRAU

Ariennir gan Lywodraeth Cymru
Funded by Welsh Government

GRAFFEG bach
www.graffeg.com
£6.99
9 781802 587135
Plant